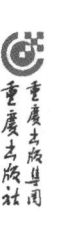

［日］大月小夜 /著
李庆保 /译

版贸核渝字(2014)第17号
Neko Samurai Volume 1:
©2013 Neko Samurai Project
©2013 Hisakatsu Kuroki/Sayo Otsuki/AMG Publishing
Rights Arranged Through Peony Literary Agency

图书在版编目(CIP)数据

猫侍.1/(日)大月小夜著;李庆保译. — 重庆:重庆出版社,2015.10
ISBN 978-7-229-10112-1

Ⅰ.①猫… Ⅱ.①大… ②李… Ⅲ.①长篇小说—日本—现代 Ⅳ.①I313.45

中国版本图书馆CIP数据核字(2015)第136931号

猫侍 1

MAO SHI 1

[日]大月小夜 著 李庆保 译
────────────────────────
出 版 人：罗小卫
责任编辑：李 梅
责任校对：杨 媚
装帧设计：九一设计

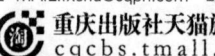出版

重庆市南岸区南滨路162号1幢 邮政编码：400061 http://www.cqph.com
重庆市国丰印务有限责任公司印刷
重庆出版集团图书发行有限公司发行
E-MAIL:fxchu@cqph.com 邮购电话：023-61520646

重庆出版社天猫旗舰店
cqcbs.tmall.com
全国新华书店经销
────────────────────────
开本：889mm×1194mm 1/32 印张：6.25 字数：120千
2015年10月第1版 2015年10月第1次印刷
ISBN 978-7-229-10112-1
定价：32.00元

如有印装质量问题，请向本集团图书发行公司调换：023-68706683

版权所有 侵权必究

目录
CONTENTS
第1章 1
第2章 62
第3章 97
第4章 131

 第 1 章

故事发生在江户[1]年间。

时值第五代将军德川纲吉颁布《生类怜悯令》[2]之前。

鬼灯长屋[3]住着一位浪人[4]武士。

他是原加贺藩剑术指导师,名叫斑目久太郎。

他那独坐屋中、全神贯注的姿态让人感到一股与被称作"侍"的武士极为相称的气魄。

无论如何贫困潦倒、衣衫褴褛,他总是剑不离手,因为那是武

---

[1] 1603—1867,又称德川时代。
[2] 德川纲吉于 1687 年颁布的爱护动物的命令。
[3] 将一栋房子分隔、租借给数户居住的长形住宅,是江户时代常见的城市居住方式。
[4] 离开主家,失去俸禄的流浪武士。

士之魂。

就在剑与己连成一线之时,他突然睁开双眼,在起身的同时以迅雷不及掩耳之势拔剑而出。

剑与人都绝对处于良好状态。得无双一刀流真传的本领可不是徒有虚名。

不知是谁,曾说他有如立于烈焰之中的魔鬼,所以便有了"斑鬼"的称号。

然而,遗憾的是,这时"斑鬼"的肚子饿了。

肚子"咕噜"响了一下,刚才呼啸而出的拔剑气势也随之消失得无影无踪。

可怜的久太郎将刚拔出的剑重新收回鞘中。

虽说成为贫困浪人是有缘由的,然而仅凭剑道毕竟无法立身。

不管长屋如何简陋,榻榻米如何破旧,自己只为精进剑术而生……只要能生存下来就行,他想。

肚子再次"咕噜"了一下。

要想生存就必须得吃东西。

久太郎轻叹一声,拿起放在柜子上的一只陶制的白色招财猫。

他将这只当做储钱罐用的招财猫倒过来,取下底部的塞子,朝

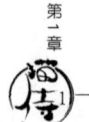

里面瞅了瞅。

里面空空的样子使他心灰意冷。他做好了准备,摇一摇罐子倒出了里面的钱。

蹦出来的只是寥寥几枚铜板。

他不放心,又看了一遍,这回比刚才更加失望。

他气急败坏地把招财猫扔到了地上,招财猫撞到了壁橱门上,晃了几下。

那壁橱里也是空空如也,像样的东西几乎都送进典当铺了。

久太郎默默地把那几枚铜钱揣进袖兜里,可刚一放手,钱却都掉到了地板上。他很纳闷,一摸,原来兜底有个破洞。

真是一事不顺事事不顺啊。

"啊!"

久太郎徒劳地叫了一声,一枚铜钱还是滚到了墙壁与柜子的缝隙中去了。他赶紧追过去,趴到地上伸手去捡,可怎么也够不着。

"要是有一个长点的东西……"

他瞬间想到了用剑去取,可马上又否定了自己的想法。毕竟剑乃是武士之魂。

他极力克制自己,重新找来一把扫帚在缝隙间搜寻。

可无论怎么搜，那枚宝贵的铜钱就是不愿出来。

就在这时，传来了"咚咚"的敲门声。

"不好！"

久太郎刚站起身，门"哗啦"一声被拉开了，房东探进身来。

"打扰啦。哎呀，您这是在打扫卫生吗？"

久太郎手里还握着扫帚，不过总算没有暴露自己趴在地上找钱的窘态。他想，此时放下扫帚反而显得不自然，于是索性一言不发地扫着榻榻米。

"承蒙您如此爱惜地使用这房子，作为我自然是很高兴，不过，武士大人，今天务必请您把房租给付了。一共三个月，合计是……"

房东噼里啪啦拨动算盘的声音给久太郎造成了无言的压力。

即便把掉进缝隙里的钱找到了，也无论如何付不起所欠的房租。

"等我找到了差事会一并付给你。"

没等久太郎说完，房东立刻回道：

"您上次也是这么说的，这都过了多久了啊。"

久太郎无言以对，只是恶狠狠地盯着房东。

"你、你想干吗？"房东被弄得不知所措。

久太郎生来面色可怖，尤其是那眼神，令很多人感到害怕。有

时即便只是扫你一眼，也像是被他瞪了一样。这眼神这次恰巧起了作用。

他心想，被他这么步步紧逼下去也不是事，于是紧绷着脸，一边挥动起扫帚一边说：

"没看到我正在扫地吗？！"

"……不能再拖了，这个月之内要是不付清，就请你卷铺盖走人！"

房东无奈地丢下这句话后很不情愿地走了。

这是恐怖面容的胜利。

不过……这个月之内？

同样，还是钱的问题。

久太郎确定房东走了之后，再次蹲下来去找柜子后面的铜钱。

"世上有比钱更重要的东西，这是父亲大人临终前说的话。我一直认为，那就是追求剑术的极致……既然是追求剑术，那么用剑来取也是可以的吧……不，还是不可以。但是……"

久太郎一边想着一边趴在地上伸出了手臂。

就在这时，门被拉开了一道缝。

还是房东。

就在目光相碰那一刻，久太郎立刻假装做起俯卧撑来。虽然觉得到底还是糊弄不过去，可是毫无办法。房东站在那看了一会儿后，轻轻把门关上了。

久太郎无力地趴倒在地，呻吟般地喊了声：

"没有工作啊！"

像是附和他似的，肚子发出了第三次抗议的声音。这样下去实在是不行了。

"……俗话说人是铁，饭是钢。还是先去弄些吃的吧。"

久太郎放弃了找钱，拿起鱼篓子出了长屋。

"瞧一瞧看一看啊，南蛮[1]传过来的甜面棒，香甜可口哦！"

久太郎对售货摊边年轻姑娘的叫卖声充耳不闻，独自坐在桥边垂钓。

河水静静流淌，清澈的水面上浮现出了鱼的身影，眼看着就要上钩了。

可是，一群孩子从桥上经过，鱼儿被他们的声音所惊吓，立刻不见了踪影。

---

[1] 日本近世指葡萄牙、西班牙等南欧国家。

差一点儿就钓到了，久太郎懊悔地朝那群孩子望去。只见他们天真无邪地在甜面棒摊子前一字排开，由最前面的孩子开始按次序将黄褐色的棒状油炸食品传到后面，然后兴高采烈地跑开了。

"那就是，甜面棒啊……"

久太郎看了一眼身旁自己的"粮食"——鱼篓里稀拉拉的几只小龙虾。

"这就是所谓差距吗？"

他一脸严肃地盯着鱼线，希望能钓上一条鱼来。

"那位武士大人，要不要来一根甜面棒？很好吃哦。刚做好的，还热乎着呢，保证你吃了会赞不绝口！"

久太郎对卖甜面棒姑娘的声音充耳不闻，集中精力钓鱼。他忽然有一种错觉，觉得鱼线与自己连成了一条直线。咦？我可不是垂钓者，而是武士啊——就在这时，鱼竿向下一沉。

久太郎立刻两眼放光，拉起鱼竿，心想，要是能钓到一个大家伙，此刻就算当一回垂钓者也无妨。原来是一只硕大的小龙虾。

那姑娘大声喊道："哇，好大一只呀！"

久太郎不觉瞪了她一眼，心想，我要钓的是鱼啊。姑娘吓得叫了声："好可怕！"

这么嘈杂的地方，估计是钓不上来鱼了，所以久太郎决定打道回府。当然，他没有忘记那个装着几只小龙虾的鱼篓。

久太郎走在人来人往的街道上。

他有意无意地与飘着食物香味的店铺保持着一定的距离。饿肚子时食物香味的诱惑最难抵御，何况是口袋里没有钱买的时候。

食欲抑制不住地涌上来时，他就悄悄地闻一下手里提的小龙虾的味道。这样一来，基本上能把食欲压下去。

久太郎就这样边走边闻，忽然好像嗅到了刚才闻到的那种香味。

难道是刚才那个姑娘跟过来了？

他循着香味的方向一看，有两个男的，正在看路边的告示牌。

他们手里拿的正是刚才那个姑娘卖的甜面棒。

我可不想吃那东西。

他一边这样自顾自地宽慰自己，一边看告示牌上贴的"根仓藩招募官员"的告示。

旁边的那个人一边瞅着久太郎的鱼篓，一边故意拿鼻子嗅来嗅去地说："什么东西这么臭啊，是吧，阿橘？"

被唤作阿橘的那个男的吃了一口甜面棒说：

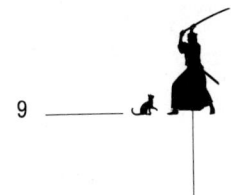

"连这个都变难吃了。"

难吃你拿给我啊!

久太郎没有说出口,装作事不关己地走开了。他觉得最好还是避免无用的争论。

不过,脸上露出一丝冷笑的那二人似乎并不这么想。

"小龙虾武士!"

他们相互笑着看了一眼,喊道。

我可不是因为喜欢才吃小龙虾的,只能钓到这个啊!

久太郎回头瞪了他们一眼。

被他这么一瞪,二人脸上的笑容消失了。

"好犀利的眼神啊。"

"神色真够吓人的呢……不过,只是徒有其表吧。"

阿橘边说边径直向前迈了一步。

"摆出一副吓人的脸也没用的。难道准备背着一篓龙虾去应聘吗?"

关你们什么事。本来要是应聘上官员也就没必要钓小龙虾了。

久太郎继续瞪着他们,想的问题似乎有点跑题。

"脸色这么可怕,谁敢要你啊。"

这和脸色可怕没有关系！

久太郎被阿橘这种藐视的口吻激怒了，眉头锁得更紧了。

另一个人说了句"脸色可怕应该没有关系吧"，脸色这才稍有缓和。

就是如此！

久太郎在心中默默点头首肯，阿橘却毫不留情地说了句：

"不过，臭烘烘的家伙我们可受不了，会把整个藩都熏臭的。"

久太郎听了很气恼，不过谁先出手谁就输了，于是他转身离开。

"喂，竹下，快动手！"

久太郎听闻声响，本能地躲了一下。

只听到鱼篓"啪"的一声掉到了地上。

原来是提篓子的绳子被砍断了。

两人大笑起来，其中一人手里拿着把短刀，大概就是那个被称作竹下的吧。

那么，刚才说话的就是另一个吧。

久太郎朝着阿橘拔刀而出，只见刀刃在眼前一晃，二人瞬间无言。当他们伸手准备挡刀时，久太郎的刀已经收回了鞘中。

再一看，阿橘手里的甜面棒的上半部"啪嗒"一声落到了

地上。

可惜了!

久太郎在心里向卖甜面棒的姑娘表示着歉意,伸手将想要逃散的小龙虾捡了回来,抱着鱼篓回去了。

留下那两人呆呆地站在原地。

也不知道刚才这一幕有没有被人看见。

久太郎回到长屋,在后院生起一炉炭火,看着"噼里啪啦"冒着火星的炉子,眼睛被熏得睁不开。他仔细地盯着放在炭炉铁丝网上的小龙虾。

本来一股腥味的小龙虾慢慢散发出了香味儿,感觉再烤一会儿就能吃了。

就在这时,门被推开了。

"打扰了,好久不见!"

原来是那个药贩子五郎,门也不敲就进来了。久太郎皱起了眉头,心想,来了个麻烦的家伙。此刻,小龙虾远比五郎更重要。

久太郎继续拿着一把到处是破洞的团扇对着炭炉扇着。

五郎不知道是不是闻到了香味,直接穿过厅堂来到了后院。

"噢，伊势龙虾[1]……"

话没说完，凑近炭炉一看："啊，原来是小龙虾啊！"他失望地说了一句。

我可没钱买什么伊势大龙虾！

久太郎一脸不高兴地瞪着五郎。不过，五郎对他这种表情已经习惯了，基本上不起什么作用，只习以为常地说了句"又摆出这副臭脸"，从怀里拿出了两封信说：

"信帮你收了，这是您夫人的，这是阿春的。"

久太郎并没有去接信，继续拨弄着炭炉上的龙虾。

五郎等了一会儿后，无奈地把信放到了走廊的地板上。

"信可已经交给你了哦。"

说着便从久太郎屋里的架子上取下药箱，确认有没有需要补充的东西。

"我不需要什么药。"

"肠胃药快用完了嘛。"

说得久太郎无言以对。他强装镇定地回头看了一眼，肠胃药确实快没了，这个药是以后也会经常用的药物。

---

[1] 一种日本产的大型龙虾，被视为高级食材。

五郎继续一边翻着药箱,一边闲聊似的说道:

"您夫人说希望您回信呢。"

见久太郎仍然沉默不语,又问道:

"工作的事还没定下来吗?天下之斑鬼,不会是徒有其名吧。糊个油纸伞或者去寺子屋[1]当个先生什么的不也挺好吗?"

虽然五郎是半开玩笑地问问,对于久太郎来说却是个很实际的问题。

见对方还是一言不发,五郎叹了口气,把补充过药品的药箱放回了隔板上。

"总之,写个回信什么的应该可以吧?哪怕只说一句我过得很好也行啊。"

回信也好什么也好,我是不可能写的!

久太郎一边想象着放在柜子里的信,一边不客气地背过身去。

五郎叹了口气,背起装满货品的行李架。

"我什么时候再来。你多保重,注意别凉了肚子。"

五郎说着出了屋子。

见他走了,久太郎收起炭火,坐在走廊边开始吃烤熟的小龙虾。

---

[1] 日本江户时代供平民子弟学习的教育机构。

烤的时候还香喷喷的味道，到了嘴里却变苦了。久太郎的目光落在了刚才的信上面。

用清秀的字体写着"斑目久太郎收"的是妻子阿静的信。

努力模仿母亲的字体却略显笨拙地写着"父亲大人收"的是女儿阿春的信。

久太郎一封信都没有拆，只是看着封面上的字。

吃完小龙虾后，他伸手拿起那两封信朝柜子走去。至于小龙虾到底是什么味儿，直到最后也没品出来。

久太郎打开一个小抽屉，里面塞满了迄今为止收到的妻子和女儿的来信。

他将刚才那两封信同样原封不动地放了进去。

因为没有读，所以无法写回信。

这就是久太郎给自己的理由。至于为什么不读，对于这个问题，不知从何时起他就一直在回避。

久太郎准备关上抽屉，发现有一封信卡住了，没能关上。他抽出那封信一看，上面用不一样的字体写着"介绍信"三个字。

这是久太郎剑术上的恩师为他写的。

要不要再去一次呢？

久太郎将这封信揣进兜里,出去了。

"有人吗?"

久太郎站在根仓藩大名[1]在江户的宅邸——也就是所谓江户藩邸气派的大门前高声喊道。没想到声音有些走调,他环顾一下四周,幸好一个人都没有。

他调整了一下呼吸,同时做好心理准备,重新喊道:

"有人吗?"

这次声音出来了,不过没有任何反应。

应该再喊一次吗?不过,喊太多次的话倒显得我很焦急,就这样等一等吧。

可是宅子里面仍然没有任何反应。

也没有人看见,就这样回去也没事吧。

正在他犹豫不定地朝四周张望时,"吱"的一声,旁边的门开了,一个像是看门人的二十来岁的男的探出头来。

他是不是叫茂平来着?

久太郎在搜寻着很多天前的记忆。不知道是在他第几次来时,因为认识了,所以问过他的名字。

---
[1] 江户时代,指直接供职于将军,俸禄在1万石以上的领主。

茂平一看是久太郎，叹了口气说：

"怎么又是你啊。"

相反，久太郎一看是熟悉的面孔，便重新鼓起了勇气。

"请你帮我传达一下。"

"我不会帮你传达的。"

见茂平态度坚决，他从兜里拿出了带来的东西。

"我这里有介绍信。"

茂平听他这么一说，态度稍有转变。

"这个嘛，最近带假介绍信来的浪人很多。回去吧回去吧！"

没想到被冤枉了，久太郎赶紧解释：

"不，不是假的。你仔细看看……"

"好了好了，请你不要再来了！"

茂平迅速把头缩了回去。

随着门"砰"的一声关上，久太郎的心完全凉了。

回去吧。

他失望地转身离开了。

这一带是宅邸区，来往的行人并不多。擦肩而过的人当中，要

不就是受雇的武士，要不就是那些走街串巷的商贩，总之都是看上去有职业的人。

刚才那个叫茂平的，虽然比久太郎还年轻，也有一份看门的工作。

是我的努力不够吗？

久太郎感到有些羞愧。但是像五郎说的什么糊油纸伞啊，去寺子屋当先生之类的事情，自己想都没有想过。

是我太挑剔了吗？不，我……毕竟是武士啊。

他一边走一边想着，忽然听到从附近的屋子里传来了"喵"的一声。

透过栅栏往里一看，一只白猫正在一间铺着榻榻米的屋内滚皮球玩。

一个中年男人手里拿着什么东西来到了房间里，柔声细语地说道：

"饭来喽，吃吧吃吧！"

久太郎双目凝视着男人手里的东西。

啊，真过分！那不是……

原来是一个捏得小小的刚够一口吃的白饭团，上面还放了一块新鲜的鱼肉。

寿司？！

竟然给猫吃寿司！久太郎感觉受到了巨大的冲击。

白猫眯着眼睛吃起了眼前这奢华的猫食。它毫不犹豫地连米饭带鱼肉一起吃了下去，从那熟练的动作来看，好像对这已经习以为常了。

脖套上挂着的铃铛时不时"叮铃铃"地响一下。

像是要对抗似的，久太郎的肚子也"咕"地响了一下。

我今天也想吃一次寿司！

可是，没有米饭，只有小龙虾，而且远远不够填饱肚子。

越逞强越觉得空虚。

感觉这与自己的努力或是别什么原因没有关系了。

久太郎无法理解，继续往前走。

真羡慕那只猫啊……

他依依不舍地多次回望那座房子。

"那位武士大人，麻烦您等一下！"

久太郎刚没走出几步，听到了背后的呼喊声。

武士大人？真好啊，多希望我也被人这样称呼啊。

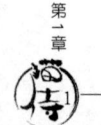

因为寿司的打击而心情沮丧的久太郎，继续拖着无力的脚步往前走着。

"武士大人！"

久太郎忽然被人拉住了衣服，停下了脚步。

我是"武士大人"？！

他惊讶地回过头，看到一个不认识的男的，年龄大概和刚才那个看门人茂平差不多。久太郎见那人一副商人模样，不觉心生嫌恶。

"有件事情想恳请您帮忙……"

久太郎非常冷淡地回了句："什么事？"

"在这儿说有点不方便……"

"就在这说！"

久太郎语气更加强硬，那人不断地环顾着四周，又说了一遍：

"在这儿说有点不方便……"

"……"

不说算了，久太郎心想，绷起脸准备往前走。

那人继续追上来说道：

"方才看到您挥刀斩下甜面棒的情形，知道武士大人您剑术高超，在下有一事相求！"

末了还加了一句：

"会付您丰厚的酬金的！"

久太郎突然停下了脚步。

他们来到一处神社前，四周树木茂密，地势隐蔽，是个非常适合密谈的地方。久太郎开始听那男的叙述：

"在下是和服店加贺屋的掌柜佐吉，是想请您私下帮忙处理一件事情，这事不方便公开说……"

看到佐吉那神秘兮兮的样子，久太郎不觉皱起了眉头。

有一种不祥的预感。

不过，想到丰厚的酬金，他还是决定听下去。

"在下有个叫作喜助的熟人……"

说到这里，佐吉突然像开始演戏似的眉飞色舞地叙述起来：

"他在一个下雨天捡到了一只小猫，出于怜悯之心，就把小猫带回了家。自那以后，喜助便终日闷在家里不出门。"

看到佐吉那神秘兮兮的样子，久太郎感觉到一段鬼怪故事已经开场了。

"喜助的母亲非常担心，有一天来看他，可敲门始终没人答应。她便鼓足勇气拉开了门，却被突然从里面跳出来的猫抓伤了左眼……而她用剩下的那只眼睛所看到的恐怖的一幕，让她连疼痛都忘了。"

"……看到什么了？"

久太郎问道，好像连自己都想捂起左眼了。被猫抓到眼睛应该是很疼的吧。不过，他更关心的是后面。

佐吉压低声音继续道：

"喜助躺在地上似空壳一般，肚子上有一只八条尾巴的猫妖，赤目獠牙的……"

"……"

久太郎不自觉地咽了一下口水，等待着下文。

佐吉却突然变回了音调，一本正经地说道：

"这就是在下所听到的事情，所以现在很担心我们店里的那只猫……"

喂！喜助和他母亲后来怎么样了啊？

久太郎还在等着故事的发展，佐吉顾不了这些，继续说道：

"武士大人您也看到了吧？就是刚才栅栏对面有一只白猫的房子。"

啊，就是那个吃寿司的吗？

听他这么一说，久太郎开始回忆刚才那一幕，可是猫和人都没什么印象了，只能想起寿司的样子。

又不能说只看到了寿司，久太郎只好一直听着佐吉叙述：

"我家主人叫与左卫门，整天不苟言笑，是一个只知道工作的老顽固。自从一个月左右前养了一只叫作玉之丞的猫之后，整个人就变得像个孩子一样……这样的主人真是从没见过。所以我总感到一丝害怕，大家都说肯定是玉之丞摄走了主人的魂魄。"

好像想起来了。

确实像是丢了魂一样……不过也可能是因为对着猫说话，才那么阴阳怪气的吧……

久太郎回想起刚才给猫喂寿司吃的男子的样子。一个平时不苟言笑的人变成那样，可能真的是丢了魂。

"在下想着在一切都还来得及的时候想点什么法子，可无奈的是，那毕竟是一只猫妖。"

"真是荒谬！"

久太郎嘴里这么说着，脑子里却想象着猫妖的样子。

佐吉问了句："您不害怕吗？"

这句问话里含有着某种期待，言下之意是"不害怕的话就请您帮帮忙吧！"

怕！

久太郎心里这样说，但是，作为武士，他不能说出这样的话，只是冷冷地瞪着佐吉。

佐吉见他没说话，便理解为"武士怎么可能怕那种东西"，立刻高兴地请求久太郎道：

"武士大人，请您务必帮忙斩除掉那只猫妖！"

不行不行！

"这可是一次不折不扣的铲除妖怪的行动，由像您这样武艺高强的武士来担当是再合适不过了！请您帮帮忙吧！"

佐吉俯下身子恳求，久太郎越发感到不好拒绝。

可是，他心里的回答仍然是：

绝对不行！

正当他转身准备离开时，佐吉在后面喊道：

"二两！不，三两！"

等到太阳下山，整座城市被黑暗所笼罩，人们都睡下的时候，久太郎手持灯笼悄悄来到了白天看到的那座房子——也就是加贺屋的后门。

"我会在子时把后门打开，你就从那里进来。"

这是佐吉在神社前面说的。

因为是事后付钱，钱还没拿到手，久太郎有点怀疑佐吉的话。

他一边祈祷着佐吉改变主意，一边确认周围有没有人，然后轻轻推了一下门。

门果然被推开了，没有上门栓。

原来他说的是真的……

已无退路的久太郎轻手轻脚地进了院子。

"穿过院子就是猫的屋子。"

他按照佐吉说的顺序往前走。

眼前一片漆黑，有点恐怖，希望别被主人发现！

久太郎深吸一口气，默默祈祷着，并在心中唱起歌来为自己壮胆：

魔剑一出手～威名震天下～百战磨练之～剑术高无比～

久太郎渐渐鼓起了勇气，眼睛也开始适应了黑暗。他轻轻拉开隔扇，只见房间的中央摆着一个松软的蒲团垫，垫子上面有一个圆

圆的什么东西蜷缩在那里。

是"猫妖"玉之丞！

久太郎把灯笼放到榻榻米上，"嗖"的一声拔出了刀。

斩之！斩之！斩之！我乃无敌之斑鬼！

他站到离猫合适的距离，杀气腾腾地举刀欲砍。

这时，只听"叮铃"一声铃响，玉之丞抬头看了久太郎一眼。

它那清澈溜圆的眼睛不时扑闪着，安详地盯着久太郎看。

玉之丞打了个哈欠起身了，只见它前脚往前一伸，背部一弓，弯成一道美丽的弧线。

……

久太郎定在了那里，继续看着玉之丞。

由于灯笼的照射，墙壁上出现了一道猫的影子。那身影怎么看也不像一只猫妖。

玉之丞轻轻地离开了蒲团垫，然后坐下来，用舌头舔着前脚认真地洗起脸来。

看那自由自在的样子，好像丝毫没有觉察到危机的到来。

这、这是临死前的化妆吗？等着吧！

举刀立在那里的久太郎感到了自己的手腕在颤抖。

对此全然不觉的玉之丞竟对着久太郎的脚边嗅起来，而且还撒娇似的将身体蹭过来。

玉之丞柔顺的毛碰到了脚脖子上，弄得久太郎痒痒的。

"喂！"

久太郎忍不住朝着玉之丞喊了一声。

玉之丞停了下来，抬起了脸。

看不出它在想什么，只是大概想不到自己马上就要被杀掉吧，仍然用那无邪的眼神盯着久太郎看。

猫妖……这是一只猫妖。

久太郎不断地对自己说，几欲落刀却做不到。

只要一刀下来，一切就结束了，可……这时，玉之丞一边看着苦苦挣扎的久太郎的眼睛，一边"喵"地叫了一声。久太郎被这声音惊醒了。

这、这样下去会被这猫妖给迷惑住的吧？不行，不能看它的眼睛。

他做了一个深呼吸，把目光移开了。

可即便如此还是能看见玉之丞那长长的白色尾巴在眼前晃来晃去，所以，久太郎重新握紧了刀，闭上了眼睛。

可不要怪我啊。

他朝着玉之丞叫声的地方,这次真的挥刀砍了下去——只听榻榻米上响起了一阵铃声。

"玉之丞!玉之丞!"

加贺屋的主人与左卫门手拿刚做好的猫食,到处寻找爱猫。

平时只要是隔扇或者壁橱哪里有个空隙,玉之丞就喜欢钻进去。可是今天还没吃饭的玉之丞一次都没有出现在与左卫门的面前,这实在有些奇怪。

与左卫门神情渐渐紧张起来。

当他来到猫屋的壁龛[1]处时,顿时呆了。

只见那里贴着一个纸条,上书"天灭猫妖"几个字,下面放着那个熟悉的项圈,已经被无情地斩断了,铃铛落在一旁。

与左卫门忍不住号啕大哭起来。

看到主人的样子后,佐吉偷偷地溜出了房间。

清晨的长屋一带相当喧闹。只听外面传来鸡叫声,附近的女人

---

[1] 和式房间的客厅里,用于挂字画、摆放花瓶等的地板略高于其他地方的区域。

们围聚在一口井边，边打水边闲聊着。内容不外乎是对老公的抱怨啊，什么地方的东西又便宜又好啊等杂七杂八的事情。

久太郎不认为自己能够加入她们当中，而且也不想加入其中，所以就安安静静地端坐在屋里，让精神集中。

该来了吧？

他微睁开眼睛，看一下昨天晚上使用的毛笔是否放好。确认没有问题。

这时，壁橱里传来窸窸窣窣的声音，不过这动静要不是集中精力是听不到的，不用担心。

就在这时，听到外面有啪啦啪啦的草鞋声，久太郎调整了一下姿势，做好准备。

"打扰啦！"

是佐吉的声音。没等到主人回应，佐吉便打开门进来了。

"哎呀，真是非常感谢您帮忙铲除了猫妖。这样一来，主人定会醒悟过来。说好的三两银子，明天我会付给您。不过……"

难掩笑容的佐吉这时突然犹豫起来。他一边环视了一下久太郎的屋子一边问道：

"猫的尸体在哪儿？"

果然问到了。

本想用那张纸条蒙混过去，看样子不行了。

"……埋了。"

"埋在哪？"

"你是在怀疑我吗？"

久太郎又拿出了他瞪眼的招数。

能不能拿到那三两银子，就在此一决了。

"不不，我不是那个意思。只是，那是个猫妖，怕它会起死回生……"

佐吉怯怯地说道。久太郎只好站起身来，不料佐吉吓得惊叫一声。

久太郎想，我有那么恐怖吗？突然他奇怪地弓着身子，将壁橱门打开了一点。是刚才发出动静的那个东西想要出来，他立刻背对着佐吉把它推了回去，然后取出准备好的东西，迅速把门关上。

他把那东西在佐吉眼前晃了一下，郑重地说道：

"这是猫壶。"

"猫壶？"

久太郎转了一下坛子，露出写有"恶灵封印"的牌子，然后重重地放到了佐吉面前。

佐吉战战兢兢地准备用手去摸那牌子,久太郎厉声喝道:"不能碰!"

"玉之丞是在这里面吧?"

"千万不要打开。"

久太郎镇定地说道,内心却是忐忑的。

"打开会怎么样?"

会酸死你[1]。

久太郎知道里面是什么,他微闭着眼睛,没有回答。

佐吉心想,肯定是会发生不好的事情吧。他紧张地咽了一下口水。

"一定要好好保管!"

听久太郎这么一说,佐吉颤颤巍巍地抱起那坛子,边转身退出边说:

"是!是!谢谢您了!"

这一关终于过去了……

久太郎松了口气。

---

[1] 从后文可知,里面装的是腌梅干。

房间里安静下来以后，又听到窸窸窣窣的声音。

发出声音的那个东西终于把壁橱的拉门拨动了，从缝隙里探出一只爪子来。

接着努力地把头伸出来……好像头出来后身子就容易了，刺溜一下跳了出来后，心满意足地发出一声"喵"。

虽然没有戴项圈，但可以看出来确确实实是玉之丞。

"为了你我可是不惜撒了谎啊。"

煞有介事地做了个什么"恶灵封印"的牌子，没有杀掉猫却说斩杀掉了。

久太郎自己也认为做了一件耍滑头的事情，不过又一想：

哼，我可不是害怕什么猫妖。不是说杀猫会七代遭殃的吗？我是为斑目家的子孙后代着想。

毫无办法。

玉之丞可不管你久太郎是怎么想的，可能是刚从狭小的壁橱里跑到这么宽敞的地方而感到兴奋吧，喉咙里发出呼噜呼噜的声音，又将背朝着榻榻米蹭了几下。

命算是帮你捡回来啦！

就在久太郎长舒一口气，又将眼睛微闭起来时，外面又传来佐吉的声音：

"不好意思打扰了！"

久太郎慌忙抓住玉之丞的脖子把它塞进了怀里。

玉之丞受到惊吓"喵"地叫了一声，久太郎赶紧小声"嘘"了一下。

门开了，佐吉仍然抱着猫骨灰坛，把头探进来：

"这家伙要是再化身出来，您要帮我再斩了它啊。"

"……交给我吧！"

这种事情是不可能发生的，他在心里添了一句。

等门关上，脚步声已经听不见的时候，才把玉之丞从怀里放了出来。

玉之丞看了久太郎一眼，不满似的哼了一声，然后跑到房间的角落里嗅嗅这嗅嗅那，到处转悠起来。

久太郎一边看着一边低声自语道："好啦，这回没事了。"

猫妖光临寒舍，不知是福是祸……[1]

---

[1] 黑体字为每集末尾的短诗——译者注

此时，久太郎还并不知道玉之丞为何到处转悠。

第二天早上，久太郎和平常一样，伴随着不知道从哪里传来的寺庙的钟声醒来了。

他轻轻叠好那床薄薄的旧被子，拿起木刀来到了后院。

要想变得强大，必须珍惜时光，这是亡父的教诲。

他心中默念着，开始了每天早上的剑术练习。

他将木刀举过头顶，然后用力朝下砍去。

就这样反复了两三次后，刚刚鼓起的劲头就没了。

好困啊……

他突然停了下来，忍住了一个哈欠没打出来。

如果勉强自己受了伤，那就是本末倒置了……容我再睡一会儿。

就这样，他又回到屋里，重新铺开被子钻了进去。

幸福的回笼觉……

正当他睡得舒服的时候，壁橱里响起了声音。

是玉之丞弄的。

因为里面的东西都送到当铺去了，空荡荡的壁橱刚好适合玉之丞藏身。

晚上玉之丞似乎很老实地睡在里面,可到了早上毕竟想要出来。

玉之丞好像已经掌握了开门的技巧,用了比昨天更短的时间就从里面出来了。然后"嗖"的一下子就跳到久太郎的被子上坐了下来,"喵"地叫了一声。

"别烦我!"

久太郎嘟囔着,把头埋进了被子里。这时,忽然感到被子上传来一股温温的感觉。

难道是?他一下子醒了,慌忙查找源头。

只见一片黄色的污迹从玉之丞坐的地方扩散开来。

"你这个恬不知耻的浑蛋!"

久太郎勃然大怒道,玉之丞吓得赶紧逃到壁橱里躲了起来。

难怪昨天转悠来转悠去,原来是在找厕所?

久太郎抱着头,思考如何处理这被子。越想越觉得麻烦,一气之下真想撂摊子躺下,可又一想这是唯一的被子,无奈只好懒懒地站起身来。

久太郎站在院子里,一边晾晒洗去了污渍的被子,一边感到怒火中烧。

这让人看到了还以为是我尿床了呢!

他转头向客厅那边看去,玉之丞正悠闲地用前爪在"洗脸",好像早已忘掉了刚才的事情。

久太郎愤愤地哼了一声,懊悔不已。这时,忽然感到有人在看着自己。他一转头,正好和附近玩耍的几个流着鼻涕的孩子目光相对。其中一个孩子指着久太郎的被子问:

"那是叔叔的被子吗?"

"啊,是……"

久太郎气恼地不知该怎么回答,孩子们马上竖起大拇指笑道:

"没关系,我也至今还那个呢!"

久太郎迟疑了一下才理解了这话的意思。

"不、不是的。这是叔叔的被子,但这不是叔叔干的!"

"那就暂且认为不是你干的吧。"

"喂!"

久太郎还没来得及辩解,孩子们已经跑回自己家去了。

祈求他们可不要传出去啊……

久太郎垂着头,也回到屋里去了。

为了振作精神,他决定做几个俯卧撑。

刚趴到榻榻米上,玉之丞跑过来朝着久太郎的脸嗅起来。他发现自己与玉之丞的目光处在同一条水平线上。

这样看起来，房顶还真高啊！

他一边心想，这长屋还能凑合着继续住，一边趴在地上开始锻炼。看着破旧却熟悉的榻榻米，心里感到一种说不出来的平静。

"二十三、二十四、二十五……"

身体刚刚开始发热的时候，久太郎发现玉之丞不见了。

他正在想着，玉之丞去哪儿了呢？忽然感到背上增加了一股重量。

久太郎一不注意趴了下去。

"咕"

也不知是久太郎嘴里发出的还是肚子里发出的声音。

这回注意力是被彻底打散了。

他心想。

虽然平时都是做一百次，不过即便是武士饿着肚子也上不了战场，今天做到这里也可以了吧。

就在这时，听见有人"咚咚"地敲门。

不好！

久太郎慌忙把玉之丞从背上赶下来。

"有人吗？我是刚搬到隔壁的若菜！"

是一个很有精神的年轻姑娘的声音。话刚一说完，门就打开了。

千钧一发之际，久太郎迅速将玉之丞塞进怀里。

这个叫若菜的姑娘就是昨天那个卖甜面棒的。若菜看到久太郎后，惊讶地睁大了眼睛，不禁说了句：

"啊，小龙虾！"

怎么个个都这么烦！

久太郎使出了他那擅长的瞪眼法。可若菜却是一副毫不在意的样子，笑着把一个装有两根长长的油炸食物的盘子端到久太郎面前，说道：

"这是给您的见面礼！"

那盘子里放的确实就是昨天看到她卖的甜面棒。因为是油炸点心，还散发着香味。

说实话，还真想尝尝看。

可是，如果这样说的话，作为武士是很不体面的。

久太郎很勉强地吐出三个字："不需要。"

"可我都端来了。"

"武士不需要施舍……"

这时，怀里的玉之丞好像闻到了香味，蹭了一下。久太郎被它的毛弄得胸口痒痒的。

他忍不住扭动了一下身体，鼻子里发出"嗯哼"一声。

"嗯？"

若菜奇怪地扭头看他。

"别废话了，快走吧！"

久太郎一边按住蠢蠢欲动的玉之丞，一边叫喊似的说道。

若菜仍然毫不在乎。

"那我放这里了哦。"

他说着连同盘子一起放下来，出去了。关门之前还说了句：

"今后我们要好好相处哦！武士先生！"

痒得受不了的久太郎哪还有心思寒暄，竭尽全力挤出一句：

"再见！"

等若菜关上门走远了，这才把玉之丞从怀里放了出来。

玉之丞径直朝甜面棒走去，"喵呜喵呜"地叫着，高兴地吃了起来。

"喂！"

久太郎正想大骂"你识点相好不好"，可玉之丞丝毫没有停下

的意思。

这哪里像是猫妖!

久太郎叹了口气,这时肚子"咕"了一声,好像表示赞同似的。

既然给了那就尝尝?

久太郎拿起一根甜面棒。好几次在街上见到别人吃,自己拿在手里还是第一次。这东西表面硬硬的,不过好像禁不住用劲捏。

他轻轻地拿在手里吃起来,甜面棒发出脆脆的声音,里面是软的。

久太郎津津有味地咀嚼着,一脸幸福地眯着眼睛。

"好吃!"

他不禁赞叹着。

不过四五口,幸福的时光就结束了。

看看比自己先吃的玉之丞,发现它还在吃。可能是猫一口的量和人不一样,所以才吃得慢吧。

幸福的时刻可以持续得更长,真好啊……

久太郎对玉之丞心生羡慕,将长刀佩到腰间。

好了,该去领取成功"斩杀猫妖"的报酬了。

这可是在世间生活下去重要的幸福的源泉。

久太郎丢下继续在吃甜面棒的玉之丞，走出了长屋。万一被佐吉看到了可就坏了大事，所以把玉之丞留在家里看门。

倒不指望它能看门，只要别把家里弄得一团糟就谢天谢地了……

久太郎一边殷切地想着，一边朝着约好的神社方向走去。

街道上大部分店铺都还没有开门，商家们在做着开门迎客的准备。这个时候，神社里人应该很少。

他沿着石梯拾级而上，穿过红色的鸟居[1]。

不知道是因为树多还是因为这儿是神的领域，感觉比其他地方空气要更加清新。

在这样的地方来领取杀猫的报酬，会不会遭报应啊？

他一边想着一边抬头仰望天空，忽然听到有人压着声音喊道："武士大人！"

原来是佐吉躲在一棵巨大的神树[2]背后。

有什么必要躲在那棵树下面嘛。

久太郎不情愿地走了过去。而佐吉并没有在意他的表情，小心翼翼地展开了手里的一块绸巾。

[1] 日本神社入口处的"开"字形大门。
[2] 指神社境内附有神灵的树。

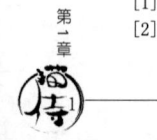

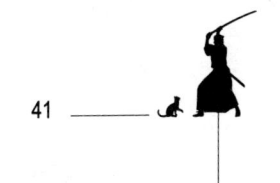

"这是说好的三两银子。"

久太郎仔细确认了之后,将钱币放进了已经补好破洞的袖兜里。这样又可以生活一阵子了,久太郎满足地点了点头。这时,佐吉又在耳边悄悄说道:

"猫壶我已经放在一个安全的地方了。"

"……是吗?"

久太郎心想,最好放在一个阴凉避光的地方。但他没有说出口,转身准备走。

"啊,对了!"

久太郎停止了脚步。

"请您务必不要说出去是我拜托您做的这件事!"

"知道了。"

久太郎话音刚落,佐吉又开始说道:"是这样的。"

"主人正在拼命寻找杀害玉之丞的凶手。还从衙门叫来了捕快。"

"杀了一只猫而已,还算不上犯罪。"

"可是,气势汹汹的捕快们已经来过了。"

"啊?"

见久太郎很诧异，佐吉轻咳两声清了清嗓子，像昨天一样重现起"当时"的情景来：

"那是昨天的事情，当时我刚从武士大人您那里回到家，只见泪痕未干的主人正对着两个捕快低头恳求道：'务必请你们帮帮我吧！'但是，其中一个叫八五郎的捕快却丝毫没有要帮忙搜查的意思，他对主人说：'我说老爷子，杀人、盗窃、放火，坏人一大堆，我们可没有空为了一只猫而大动干戈啊。'"

说到这里，佐吉模仿主人的样子抽泣起来，那样子甚是悲惨。

久太郎见状，想到自己给与左卫门带来的打击，心中感到了一丝歉疚。

佐吉继续情景再现：

"思念起玉之丞的主人继续说道：'玉之丞在熟睡中遭到残害，连跑都来不及……'说着便失声痛哭，泪流不止。而八五郎却无情地大喝一声：'不要再废话了！'不过，捕快要都是这样就好了。"

刚才还在模仿与左卫门，现在又变成了八五郎，时而还要变回自己，久太郎虽然脸上没有丝毫表情，心中却对佐吉精彩的表演暗生赞叹。

"'一想到它当时是多么恐惧，忍受多大的疼痛……'由于悲伤和愤怒，主人的声音开始颤抖。而那个冷血的八五郎却仍然不为所动！"

久太郎似乎听到了有人弹琵琶的声音，不觉朝四周看看，可是什么都没有。可能是由于佐吉过于投入而略显夸张的缘故。他打算使自己稍微冷静一点。

比起猫妖玉之丞，这个佐吉真是恐怖得多啊。

久太郎一边想着，一边默默地看着眼前的倾力表演。

佐吉抬起头，继续道：

"八五郎终于不耐烦了，喊道：'真是个不明事理的老头子！都说了……'这时，旁边一直没有说话的另一个捕快终于开口了：'简直太猖狂了！'他那低沉的声音里，仿佛充斥着一股从地底下爆发而出的怒气，连八五郎也不禁'啊'的一声。他将那张写有'天诛'二字的纸……啊，就是大人您写的那张，我觉得写得太好了。他将纸刺啦刺啦地撕得粉碎，然后脸上浮现出异常冷酷的笑容，说道……"

佐吉说到这里，停顿了许久。久太郎知道后面的话是与自己有关的，咽了口吐沫，焦急地等待着。

"'一定要找到这个家伙，把他送到地狱，让他好好尝尝这世间的苦头！交给我吧，玉之丞的仇我一定替你报了！'多谢赏听！"

佐吉说完行了个礼，久太郎也配合地鼓了鼓掌。

又忽然想起什么似的，问佐吉：

"那个捕快……"

"嗯，那个捕快叫作石渡政道，像毒蛇一般狠辣，罪犯一旦被他盯上就别想逃掉。他的冷酷无情在全江户城都是有名的，听到'水刑之政'的名字，连恶魔也要抖一抖……你不害怕吗？"

怕！

都是你害得我卷入了这种事情，久太郎瞪了佐吉一眼。佐吉看到他的眼神反而感到了一种安心。

"不过，像您这样的武士的话也没什么好怕的，对吧？"

他倒说得很轻松。

而久太郎这边则有了一种不祥的预感，对"斩杀玉之丞"有些后悔了。

等久太郎从神社回到家，则再一次为"斩杀玉之丞"而后悔不已。

临走时玉之丞待的那个房间被弄得乱七八糟，简直不敢想象到底发生了什么。垃圾篓被打翻，里面的东西撒了一片，拉门上也破了个洞，可以看到对面的情形。

"你这个浑蛋!"

久太郎强忍着怒火环视了一周,"喵呜"一声,玉之丞从壁橱里跳了出来。

玉之丞正准备卧躺到榻榻米上,久太郎一把抓住它的脖颈把它拎到自己的面前,狠狠地瞪着它。

这只白猫似乎已经忘记了自己所做的坏事,或者它根本不认为是坏事,睁着一双圆溜溜的大眼睛也看着久太郎。

这种时候,被打败的往往是人类。

哎?怎么回事?我怎么就又心软了呢……

这个被称作"斑鬼"的男人,不自觉地把视线移向了一边。

这时,外面传来了房东的声音:"打扰啦!"久太郎急忙抱着玉之丞就塞进了壁橱里,迅速关上拉门。

几乎与此同时,房东进来了。

好险啊!

久太郎舒了口气。

"今天务必要把房租给付了。"

拜托了!从喊门到进来总得留点时间吧!

久太郎弄不明白,那些来访者为什么总是不等自己回应就推门进来。只是碍于自己是租客，他对房东还是保持着该有的尊敬。

对于拖欠房租，他感到有些歉意，从兜里掏出了刚刚得到的收入递了过去。

房东看看钱，又看看久太郎，惶恐地说道：

"不会是去抢劫了吧？"

"胡说什么！"

正准备继续说"太失礼了"，可久太郎对于自己干的是否是正经活儿又有些没自信。

难道说，这不算正经钱？

房东并没有注意正在暗自反省的久太郎，一边数着钱一边欣喜地说道：

"开玩笑啦。终于找到工作了？……哈啾！"

房东说着猛然打了个喷嚏，并且接二连三地打了好几个，听得一旁的久太郎心都揪了起来。

等他终于打完了喷嚏，定了定神，朝久太郎的房间四处瞅起来。久太郎挪到房东面前，拦住了他的视线。

"不会是……有那东西吧？"

"什么？"

"猫……"

露馅了！呜呜呜……

久太郎拼命假装镇定，始终板着脸一言不发。

"我是属鼠的，猫是我的天敌。不知为何只要附近有猫……"

话还没说完又打了一个喷嚏。久太郎不禁一身冷汗。

房东并没有注意到久太郎的神色变化，一边擦着鼻子一边继续道：

"我这鼻子可准得很……要是养了猫的话，就请你马上搬出去！"

"我这没有猫。"

久太郎一脸严肃，全力发挥着自己的瞪眼法。

果然见效。

"……倒也不像是一副猫能够待见的脸。"

房东吓得战战兢兢地走了，总算是暂且瞒过去了。

而久太郎却稍感受伤。

我这张脸，真的有那么恐怖吗？

暗自郁闷了一会儿后，他起身来到后院，看看早上晾出去的被子干了没有。可能是听到了脚步声，玉之丞也弄开了壁橱门跑了出来。

因为阳光不错，被子上那块潮迹已经干了，还稍稍鼓了起来。

抱着被子回到屋内的久太郎与蹲在榻榻米上的玉之丞，目光再次相遇。

这也是你干的好事！

经过仔细考虑，久太郎将玉之丞装进了那个已经换过兜绳的鱼篓，走出了长屋。

这是今天第二次登上这长长的石阶，久太郎穿过鸟居，若无其事地走在其他参拜客人之间，准备寻找一个没有人的地方。

他走到树林深处，看到一个隐蔽的小祠堂，心想：就这儿吧。于是他放下鱼篓，蹲下来把盖子打开。

玉之丞立刻探出头来，四下瞅一瞅，并且拿鼻子嗅了嗅气味儿。

本来就没准备养你的。

久太郎盯着玉之丞看了一会儿，用他那粗大的手掌摸了摸它的头，玉之丞舒服地眯起了眼睛。当久太郎拿开手时，它立刻睁开大大的眼睛朝他看着，似乎在说："这么快就结束了？"

久太郎站了起来，没有看它的眼睛。他丢下玉之丞转身走了。

走了大概七棵树的距离，他回头看了一下。

玉之丞正蹲在鱼篓里看着久太郎。

"你自己好自为之吧！"

久太郎就这样丢弃了玉之丞。

那鱼篓子就算是饯别的礼物了。

也并非是舍不得……

下完了台阶后，久太郎回头看了看。

只见两旁的树在风中微微摇动，路上空无一物。

还好，没有跟过来。

他忽然有一种说不出来的虚无感，安心的同时还夹杂着一丝感伤。

"看你这蠢猫干的好事！"

这时，像是要强行盖住这感伤氛围似的，前面传来了一个愤怒的男人的声音。抬头一看，路边有个男的正在发火。

脚边跪着个老人，正在朝那男的行礼，怀里还护着什么东西。

久太郎心想，这人真不够稳重。驻足一看，那男的厌恶地将脚上穿的草鞋朝树根上蹭了蹭。

"害得老子的鞋上都是猫屎！"

啊，原来是猫屎啊。

久太郎正欲掩鼻，只见那男的手按腰间的大刀，道：

"这不识相的杂种！就让我蜂谷孙三郎处决了你吧！"

"求您饶了它吧！这猫的肚子里还怀了小猫啊！"

"寄生在这罪恶深重的母猫肚子里的也是孽种，就让它们一起投生去吧！"

蜂谷还是拔出了刀。看到寒光闪闪的大刀，老人有些怯怕，但丝毫没有后退。他一边抖动着身体还一边死死护着怀里缩成一团的花猫，大声哀求道：

"那、那就让老朽来替这猫赎罪吧！"

"呵呵，有意思。你是说要代替这只猫去死吗？"

"这猫就如同我的孩子一样。老朽已经余日不多，为了它就算搭上老命也在所不辞！"

老人的凛然气魄令久太郎也心生佩服。

既然都说到这个分上，蜂谷应该会放下刀了吧，不会真的杀人吧，久太郎想。不料蜂谷却笑盈盈地举刀朝向了老人：

"那么，就让你尝尝我这宝刀'小银次'的滋味吧！"

老人也被他的杀气吓得缩成一团。

见情况不妙，久太郎赶紧移步上前喊道：

"等等！"

待他走到二人之间，蜂谷露出不悦，瞪着他道：

"有何贵干？"

真不好回答啊……

久太郎觉得要是直接说因为我看不下去了，所以来插一杠子，肯定会更加招致他的反感。

"不如就先拿你来试刀吧。"

蜂谷话还没说完就挥起刀来。

既然如此……

久太郎也迅速拔出刀。

刀刃在空中相遇。久太郎感觉到对方用力压过来，便收刀闪避。蜂谷再次冲过来，久太郎巧用步法躲开，同时用刀背猛击蜂谷的手。

蜂谷手一松，刀落到了地上。

这时，久太郎的刀已经对准了蜂谷的鼻尖，二人的打斗停了下来。

胜负已决。

久太郎死死地盯着蜂谷，同时收回了刀。

他手握大刀，用眼神命令对方把刀捡起来。蜂谷愤愤地捡起了刀，见没有可乘之机，只好放弃反抗，慢慢把刀收回了鞘中。

滚！久太郎用下巴示意到。蜂谷只得很不情愿地跑开了。

等他走远了，久太郎才把自己的刀收起来。这时老人朝久太郎跪拜起来：

"多谢武士大人！老朽义一将永世不忘您的救命之恩！"

久太郎对老人的举动一时不知该如何回应。而这时，只见义一怀里的花猫伸出了舌头帮老人舔去了眼角的泪水。义一也紧紧抱住猫，嘴里直说："太好啦！太好啦！"庆幸自己和猫都保住了性命。

这一幅充满着爱的场景刺痛了久太郎的内心。

玉之丞！

他顺着来时的路开始往回跑，准备返回刚才扔猫的地方。

这是今天第三次踏上石阶，他不顾心脏"扑通扑通"乱跳，穿过神社境内直奔刚才那个小祠堂。祠堂静静地立在那里，没有任何变化。

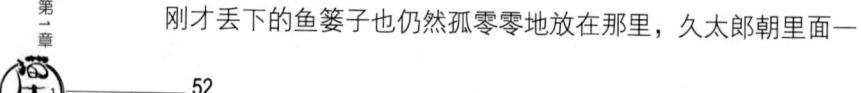

刚才丢下的鱼篓子也仍然孤零零地放在那里，久太郎朝里面一

看，那白东西已经不见了踪影。

已经跑掉了吗？

他拿起鱼篓正准备打道回府时，一件感觉很眼熟的东西映入了眼帘。定睛一看，正是昨天交给佐吉的那个猫壶。

"猫壶我已经放在一个安全的地方了。"

他回想起佐吉的话。

久太郎歪着头，看看祠堂，又看看猫壶。

放在神圣的神社境内的祠堂里，写有"恶灵封印"的猫壶。

这壶要是被打开了确实可能会不妙。

这壶被放在这里，就连久太郎亲笔书写的"恶灵封印"的纸条也好似增添了几分威力。

该不会是在这里？

猫壶，就是装猫的壶。而且，对于被装进鱼篓里的玉之丞来说，鱼篓也好壶也好，并没有多大差别。

久太郎准备伸手去摸，可转念一想，应该不可能。

因为他看到封条并没有被破坏的痕迹。进入没有被打开过的地方，就连玉之丞也是不可能的吧。

久太郎"砰砰"敲了两下猫壶，然后转身离开了。

对于能想到把猫壶放到这么一个隐蔽地方的佐吉，他不觉生出一丝赞赏之意。

久太郎回到了长屋，走到家门口时突然停下了脚步。发现门是开着的。

自己明明记得是关上门出来的啊。

他一脸疑惑地走进去，发现若菜和五郎每人手里拿一个甜面棒，正在屋里谈笑风生。

这回岂是不等回应，主人不在家时就直接进来了！

他没好气地瞪着二人，可偏偏这两人是属于久太郎的瞪眼法不起作用的一类。

五郎笑嘻嘻地说：

"哎呀，终于回来了啊？"

"谁让你们进来的！"

久太郎绷着脸，脱下草鞋来到了客厅。五郎指着柜子上的招财猫说道：

"你看那里不是写着'千客万来'[1]吗？招财猫的右手是负责

---

[1] 意为来客络绎不绝，纷至沓来。

招来财运，左手则是招来客人的哦。"

久太郎把招财猫拿起来一看，确实举起来的是左手。是不是有什么机关能把左手按下去，而让右手抬起来呢？总是为金钱而苦恼的久太郎试着按了一下。

这个陶瓷制的白猫当然不会有任何变化。

难怪总是存不起来钱呢。

"咚"的一声，他把招财猫放回了柜子上。因为之前这份工作所得到的报酬，付掉房租以后，这储钱罐里面还有一些余钱。

这不请自来的二人还颇为意气相投。

"因为天要下雨，我就进来躲一躲，看到这孩子也在，所以就多坐了会儿。"

"打扰啦！对了，武士大人您也一起吃吧！"

若菜乐呵呵地说道，并且拿了一根甜面棒递到久太郎面前。

两人显得很轻松自在，一点儿也不把自己当外人。

而久太郎倒显得不知如何是好，瞥了一眼甜面棒，但并没有伸手去接。

我可是武士！武士、武士、鲣鱼干[1]……啊不，是武士！

---
[1] 鲣鱼干中的"鱼干"与"武士"发音相同。

所以不可以接受施舍。他在心里这样劝告自己。

五郎并不知道久太郎的内心活动,换成认真的口吻说道:

"我明天要回老家去一趟。会顺道经过你老婆那里,有什么话需要带的吗?"

又是这个事情。久太郎显得不耐烦。

他不觉得有任何话需要带的。

若菜瞅了瞅久太郎的脸,道:

"最好还是别那么固执噢。"

"你说什么了吗?"

久太郎问五郎。他记得并没有跟若菜提过什么,她要是知道自己的事情,那一定是这个人说的。

没等五郎回答,若菜耸耸肩说:"我可听说了很多的。"

五郎一点儿也不在乎,继续道:

"阿春已经长大啦,眉眼和他像极了!"

若菜小声回五郎道:

"那阿春岂不是很可怜?是个女孩子吧?"

"算了算了,说来话长。"

这话什么意思?

一旁听着的久太郎脸色越来越难看。

而那两人却继续热烈地聊着。

"哦，对了，我买点甜面棒做礼物带回去吧。"

"啊，一定要买！肯定给你优惠！"

"这个东西刚炸出来很好吃，冷了也不要紧吗？"

"当然啦。这我都是考虑进去的，不影响口感。"

"真能干呀，才这么年轻。"

"嘿嘿嘿……"

真是受不了了……

久太郎已经不指望他们能走了，自己跑到走廊边躺了下来。

他紧闭双眼，可能是受到了刚才对话的影响，眼前浮现出了女儿阿春的影子。

那是一天夜里，正盖着一床现在这个所不能比的又软又好的被子睡着。

忽然感到旁边有动静，久太郎醒了。他在黑暗中定睛一看，年幼的女儿正一脸茫然地坐在对面。

"刚才做噩梦了。"

一副惊魂未定的样子。再一看旁边的褥子，已经湿了一片。

不就是个梦嘛，有那么恐怖吗？

久太郎有些吃惊地叹了口气。

阿春看到父亲的样子，抽抽搭搭地哭了起来。

听到哭声，睡在阿春另一边的妻子阿静也醒了。

"哎呀，怎么啦？"

阿春没有回答，只是紧紧地抱住了妈妈。阿静已经猜出了大半，一边轻轻地抚摸着她的背一边哄道：

"没事，没事。"

久太郎一直默默地看着二人。他弄不清阿春究竟为什么要哭。是因为梦恐怖呢，还是因为自己不该这么吃惊呢。

搞得好像就怪我这张脸似的。

久太郎气呼呼地想着。妻子抱起了阿春，说道：

"阿春还只是个孩子。不就是尿个床吗？干吗摆出一副臭脸！"

"我去给她换衣服。"

说着走了出去，留下久太郎一个人坐在那里。

晚钟响了。

久太郎迷迷糊糊地睁开眼，环视了一下这狭小的房间。被子也没有铺，自己正和衣睡在靠近走廊边上的地方。

外面天已暗，还下起了雨。

五郎他们已经不见了踪影，也不知道是什么时候走的，就像他们不打招呼地来一样。

"是梦啊。"

久太郎起身盘腿而坐，自言自语道。

梦里的阿春还很小呢。他站起来打开了橱柜的抽屉。

他从成堆的信里面拿起了一封阿春写的，久久地盯着信封上的字。

虽然还稚嫩，但已经能认得清，让人感到了年岁的增长。

当时的久太郎并不是朝阿春发火。

只是表情看起来是那样的。

……生就的一副恶人脸。

因为这张脸，有人离开了他，也被人误解过。

可是他情愿相信，人不仅仅是脸。

就在这时，一个白色的影子闯进了久太郎的视野。一看，原来是玉之丞从后院跑了进来。

"你……"

久太郎没有想到它会自己跑了回来，惊讶地一把抱起了它。玉之丞全身都被雨淋湿了，脚上和肚子上都沾满了泥。

怕它弄脏了屋子，久太郎就近拿起一块布就给玉之丞擦了起来。玉之丞舒服地躺着，一副惹人怜爱的表情朝着久太郎。

好像一点儿也没感觉到刚刚被人丢弃过。

久太郎倒是生出一丝罪恶感，擦完之后把玉之丞放在腿上，用手抚摸着它的背。

"是不是喜欢上了这个家啊？"

久太郎柔声问道。然而，刚问完，只见他整个人僵在了那里。

很快，表情变成了"愤怒"。

他把玉之丞移开，发现衣服上湿了一片。这可不是雨水弄湿的。

"混账！"

又是你！久太郎恼怒不已，脑子里忽然想起了当时阿静的那句话：

"不就是尿个床吗？"

不就是……？这……唉！

久太郎无奈地收起了怒气，自己用抹布擦了起来。

湿漉漉，乱吾心神，分别之时，好歹也学学招财猫！

瞪一眼玉之丞，发现它满不在乎地正在玩毛笔头。

手拿抹布的久太郎嘴里嘟囔了一句"好臭！"

此刻，他并没有注意到，外面雨已经停了，天边出现了一道彩虹。

彩虹下面，下级捕快八五郎正在竖一块告示牌。

幸亏是雨停了。八五郎的上司，也就是命令他制作告示牌的石渡，对于这次的抓捕行动正干劲十足，别说下雨，就算下枪也不会让他停的。

对于毫不热心的八五郎来说，虽然不能理解，但也没有办法。

"……这样行吗？"

竖好牌子后，八五郎请示石渡道。石渡满意地点了点头，露出一丝微笑。

告示牌上写着：征集杀害玉之丞的凶手信息。

真正的搜捕就要开始了。

第 2 章

第二天,久太郎一大早就起来了。他把被褥整整齐齐地叠好放到房间的一角,然后便凛然正坐。

与他相对而坐的,正是那只陶制的招财猫。

只见他"啪啪"拍了两下手,像是对着什么神圣之物似的拜了一下。

其实,不是招财猫神圣,而是其腹中有钱,这一点对于久太郎来说太难能可贵了。他小心翼翼地把招财猫倒过来,取出了里面的钱。

斩除猫妖之后,这笔巨款从天而降。

正想着,身边的玉之丞一边用后脚挠了一下头一边"喵"地叫了一声,像是在显示自己的存在似的。久太郎马上又在心里修正道:

虽然……没有斩除什么猫妖,这笔巨款就从天而降了。

他将所有的钱摆在榻榻米上,总共是二两多一点。看样子暂时是不用再吃小龙虾了,不过,为了长远着想,还是得省着用。

话虽如此,还是要弄点好吃的……

久太郎双手抱在胸前,设想着种种可能性。虽然脸上看不出来,心里还是相当激动的。

不知道是不是看出了久太郎心情不错,玉之丞喉咙里发出"咕噜咕噜"的声音,把头往他的膝盖上蹭。

久太郎还想继续做会儿白日梦,不耐烦地把玉之丞撵走了。

玉之丞不满地叫了一声,又跑到门柱边磨蹭起身体来。

"嗯?"

久太郎突然感到身上痒了起来。他用手使劲挠肩膀、肚子这些够得着的地方,而后背上手够不着,他便和玉之丞一样在门柱上蹭起来。

是跳蚤?!

他忽然意识到。

玉之丞也痒得到处蹭。

"受、受不了啦！"

久太郎一边乱抓，一边跳起来跑出了屋子。

剩下玉之丞在榻榻米上滚来滚去，继续着与跳蚤的搏斗。

久太郎一边在身上到处挠着一边往大街上走，想看看哪里有对付虱子的方法。街上到处是茶馆、五金店、布店、面馆等各种店铺，甚是热闹，可就是看不到一家专门处置跳蚤的店。

找了一遍以后，准备歇一歇，便朝上次那个神社的方向走去。

可能是因为这几天常去的原因，对久太郎来说，这里已经成为一个能让他安心的地方，而且空气也好，他很喜欢这里。最重要的是，来这里不用花钱。

可是这石阶……

他抬头看了看通往神社的石阶，停下了脚步。今天没有什么特别的事情，又懒得登这长长的台阶了。

回去吧。可是这虱子……今天晚上该怎么过呢？

正在犹豫不决时，忽然听到有人叫他：

"武士大人！"

是一个似曾相闻的老人的声音。

他转身一看,昨天那个叫作义一的老头正坐在不远的地方。

地上铺着一张席子,旁边立着一面旗幡,像是摆了一个小地摊。

久太郎走近一看,幡子上写着"出售除鼠方"。旁边还贴着几幅画,看不出来画的是什么,总之看起来很奇怪,或者说很有个性。

这是什么画呢?

久太郎正盯着画看,义一开口道:

"上次多谢您侠义相助!"

"小事一桩,不必客气……除鼠方?"

久太郎指了指幡子,又指了指画。嘴里没说,心想:除魔还差不多。

"是啊,即便不能养猫的家庭,只要有了这个画,就没有老鼠了。"

"这是什么啊,狐狸?"

"是猫。"

久太郎还是看不出来,换个角度看也不觉得像猫。这时,义一乐呵呵地一张一张开始介绍起来:

"小白、小花、小黑、带斑点的、带条纹的,这些都是我养的猫。小白是个调皮鬼,但捉老鼠的能力一流。小花就是您上次救下的猫，这张画还是它没有身孕的时候。不是我自夸，确实是一只漂亮的猫吧？小黑比较稳重，平时总是威风凛凛，很有风度。这只带斑点的则有点胆小，总是很依恋我……"

已经不是介绍画，完全变成介绍猫了。久太郎根据颜色勉强弄清了谁是谁，但完全看不出来猫的个性的区别。

"哦，对了。这也是难得的缘分……"

义一说着，取下了小花的画递给久太郎。

"小花可是我的得意之作。哎呀，把这样一幅漂亮的猫儿白送出去，我也是折了大本了。不过，谁叫武士大人您是小花的救命恩人呢。您就收下吧！"

原来是要作为谢礼送给久太郎。说老实话，久太郎并不需要这东西，可是话都说到这份上了，也不好拒绝，便默默收下揣进了怀里。

也许是对绘画不感兴趣吧，久太郎对画的好坏未做评论，而是脱口而出道：

"竟然有五只？看着都觉得痒。"

久太郎今早刚刚领略了跳蚤的厉害，现在身上还痒着呢。

"啊，是跳蚤么？我的猫都进行了很好地护理的。"

"护理？"

久太郎立刻起了兴致，这是他现在最需要的信息。

"用'肥兆'[1]。"

"肥兆……？"

"是的。猫儿们舒服得'喵呜喵呜'地叫！"

久太郎越发迷惑不解，一脸疑惑地看着老头。

"我来给你画一张她家店的地图吧。"

义一说着正要从他的工具中取出纸和笔，却被久太郎制止了。心想，从他画的猫来看，即便画了地图也看不懂吧。

久太郎问了在哪条街，有什么标志，决定自己去找。

临别时，义一又欣喜地告诉他道：

"虽然现在是五只，很快第六只就要出生啦。可是一个大家庭哦。"

久太郎想象着被十几只猫围着的义一的样子，感叹着世上竟有如此爱猫之人。

久太郎回到长屋，把玉之丞装进鱼篓后又来到街上。

来到了义一所指的地方。这条街上有很多卖簪子、甜点的店铺，

---
[1] 应该是肥皂，因为发音不准确说成了"肥兆"。

因为觉得都与自己无关，久太郎平时尽量避免来这里。他一家一家地确认店名，走到尽头时终于找到了那家店。门口写着：

猫见屋——包办与猫咪有关的一切事务。

与其他店铺相比，这家店从外面不容易认得出。久太郎从门口悄悄地往里面看。

只见客人们每人抱着各自的猫，静静地看着货柜上的物品。猫咪们也很乖，没有一个闹腾着要走的。

好可怕！

久太郎正想着，与最里面一位抱着猫的姑娘的目光正好碰上了。

"欢迎光临！进来吧，请不要客气！"

那姑娘笑着招呼道。久太郎显得很拘谨地走进了店内。

"武士大人，您是第一次来店里吧？您是要购买猫咪用品吗，还是猫咪有哪里不舒服？"

"有跳蚤……"

"噢，跳蚤的话现在有三位客人在等，请您到那边边看看商品边稍等片刻，这边一结束我马上叫您。"

女店员说完后抚摸了一下怀里的猫，继续与猫主人聊起来。

久太郎心情忐忑地朝放置商品的地方看了看，发现有像大砚台盒一样的东西，还有毛皮手套，尽是些自己摸不清用途的东西。

其他人好像都是些老顾客，一看就知道自己需要什么，什么东西适合自家的猫，而久太郎则慢慢被挤到了一个角落里。

一旁的架子上放了各种颜色的细绳和铃铛，久太郎推测那应该是给猫咪戴的脖套，终于舒了口气似的把鱼篓放到地板上，决定挑一个适合玉之丞的脖套。

当然，买不买是另外一回事。

久太郎看中了蓝色和红色的，于是拿到手里瞧了瞧。

他又瞟了一眼篓子里的玉之丞，心想：

在加贺屋时是挂着铃铛的，是不是红绳子更配一些？不对，这样的话会显得很女气。还是蓝色……嗯？这家伙到底是公的还是母的？

久太郎手拿两条细绳呆立在那里。

这时，玉之丞从鱼篓里探出头来，朝着红色绳子"喵呜"叫了一声。

"哎呀呀，好可爱的一只白猫。下一位客人，久等了！这边请。"

不知什么时候店员已经来到了旁边，熟练地抱起了玉之丞。

然后就径直往店里面走，久太郎跟在后面。

店员麻利地把玉之丞放到了诊查台上。

"毛色不错,不过好像不太顺溜啊。"

说着用梳子给猫梳起毛来。

完了之后,又抱起来,看了一下腹部说:

"果然是一只漂亮的猫咪啊。是只母猫……生下来有七八个月了吧?"

久太郎大约猜到她看什么,不自然地把视线从玉之丞身上移开了。

原来是母的啊,那还是喜欢红色的吧?

刚才它冲红绳叫了一下也许只是偶然,但还是作为购买时的参考依据吧,久太郎想。

店员让玉之丞坐在诊查台上,然后说:

"不好意思,还没有介绍呢。我是猫见屋的店主,叫作阿七。武士大人,您刚才说有跳蚤?"

"是的,它身上有跳蚤,痒得不得了。听一位叫义一的老人说这里的'肥兆'很好,所以才来的……"

"原来是义爷介绍的啊。义爷说的是这个,肥皂。"

阿七拿起一块白色的肥皂,递给了久太郎。

她一边抚摸着玉之丞的额头,一边继续道:

"用这个给它洗个澡,但是不要洗脸和耳朵。因为弄到眼睛里去猫也会痛的,进入耳朵里可能会引起病症。还有,这个是猫咪专用肥皂,猫咪稍微舔一舔是没事的。"

玉之丞看起来很舒服,喉咙里发出"咕噜咕噜"的声音。阿七的双手在玉之丞的肩膀附近移动,大拇指像写字母"の"一样地划着。

"泡沫冲洗干净以后……哦,对了,要确定是否冲洗干净看一下毛就行了。如果毛有结块,就说明还有肥皂残留。不冲洗干净会得皮肤病的,那样的话,很可能就要把毛剃光光啦。"

说完后,把刚才货架上的手套递了过来。

然后又用手在玉之丞的背上从头到尾按捏起来。玉之丞被按得前后晃动,不过它并没有跑走,看样子很舒服。

阿七一边反复着这样的动作,一边继续说道:

"接下来就是这个,用狼的皮毛制作的手套给它仔细擦拭。这样,猫咪身上的跳蚤就会全部搬家到这手套上来了。"

搬家?

到这上面?久太郎仔细瞅了瞅手套。狼毛有点粗,还硬,让人想起了针。当然,闻一闻还有牲畜身上的腥臭味。

"平时的细心护理很重要。光用梳子梳毛也是不够的,可以的话像我刚才一样用手指给它按压,这样可以缓解猫咪的肌肉僵硬。和人一起生活,猫总是朝上看,所以肌肉也容易发僵。"

阿七说完了还朝玉之丞问一声:"是吧?"玉之丞也像是应和她似的"喵呜"叫了一声。原来阿七从刚才一直在做的奇怪的手指动作就是这个啊。

真麻烦!

久太郎嘴里没说,心里却在想。

野地里也有猫,为什么养到家里就得费那么大事呢?

阿七像是看出了久太郎心思似的,瞪了他一眼。

"刚刚是不是想说太麻烦?"

你怎么知道?

"猫咪可是家庭的一员哦。动物与人类不同,它们和我们一起生活也是不容易的,是一件需要有心理准备的事。要让它们适应人类的生活步调更是不易。况且,它还能帮忙捉老鼠。"

老鼠……

久太郎听到这两个字马上想起了义一送给他的画。他从怀里拿出叠起来的画,展开来给阿七看。他想试试是不是对猫有爱心的人

能够看出这幅画来。

可是,阿七却歪着头问道:

"这个……是狐狸么?"

我就说嘛!

久太郎现在可以确定这是一幅怎么也看不出像猫的画,于是把它揉成了一团。

"总之,猫是可以带来好运的吉祥的动物,必须好好对待。"

不就是一只猫么。

"你刚刚是不是在想'不就是一只猫么'?"

阿七微笑着看了久太郎一眼。

竟能看穿我的心思?

久太郎有点惧怕阿七了。阿七耸一耸肩说道:

"可猫毕竟是猫哦。对了,叫什么名字?"

"斑目久太郎。"

"小久呀,真可爱啊。"

原来是问猫啊……反正和她也不怎么打交道。

久太郎觉得麻烦,就没有更正了。

"另外,还要给它系个脖套,不然可能会被认为是野猫而被人拐走。这么好看的白猫，真的是不多见哦。"

久太郎没有作声，心想，这本来就是拐来的。

"猫咪就是家人！来，一起说！"

……她是不是被猫迷惑了，这举动不奇怪么？难道平时就是这样？

是不是"猫妖玉之丞"施了什么魔咒？久太郎惊讶地看着玉之丞。

"怎么了？"

阿七也奇怪地看着久太郎。久太郎问出了自己最担心的事情：

"这家伙不是猫妖，是吧？"

"猫妖？啊哈哈哈。"

被她这么一笑，久太郎皱起了眉头。

不过也没办法，还是第一次听人这么问。

"你是说真的么？"

阿七一脸惊奇，露出了坏笑。

"不过，你要是不好好对待它的话，猫作起祟来是很可怕的哦。猫咪就是家人！来，一起说！"

真是烦……

久太郎兴味索然，换了个话题问道：

"对了，可不可以教猫上厕所？"

"厕所？人用的吗？不会掉下去么？"

阿七一脸认真地问道。久太郎摇了摇头。倒不是指望它上人用的厕所，况且大小也不合适。……当然，要是可能最好了。

"在屋里到处小便，真头疼。"

他想起了昨天洗衣服、晾被子的情景。再这么下去可受不了。

阿七像是领会了他的意思，点点头道：

"啊，你是说让它到固定的地方大小便是吧。带它出去，到院子或厨房里解决，猫会自己用土掩盖的。"

"因为一些原因，想尽量不让它出去。"

听他这么一说，阿七马上拿出了刚才久太郎看到的不知作何用的砚台盒一样的东西道："那就用这个。"

"把这里面装些沙子放在房间里，就是一个简易厕所了。这样的话，它就会在这里面解决。小的话就换一次沙子，大的话用筷子什么的捡走后，沙子还能继续使用。如果拉出来的不成形，捡不起来，就说明身体有问题，要多加注意了。"

说完，阿七又小声补充道："这个东西还处在开发阶段，要是能发明出既能吸水又能抑制臭味的沙子,将会更加好用。"

不管怎么说,可以确定的是,比起自由自在的一个人生活,会增加很多麻烦事。久太郎有点慌了神。

最终,久太郎在猫见屋买了一大堆东西回去了。去的时候明明只有一个装玉之丞的鱼篓子,而回来的时候却莫名其妙地增加了很多东西,他无奈地叹了口气。

可能是看在他第一次去就买了很多东西的分上,免费附赠了一个脖套,是一个红色带铃铛的。

"瞧一瞧看一看啊,南蛮传过来的甜面棒哦!"

在一片嘈杂之中传来了若菜的声音。

昨天若菜还在向过路的小孩子和男人们兜售,今天来到了女人更多的街道上,看样子是要开拓新的客户群啊。不过遗憾的是,路过的人没有一个买的。

但若菜没有气馁,仍然高声喊道:

"保证美味可口哟!……啊,武士大人!"

忽然若菜与久太郎目光相对,便走上前去。

而久太郎却像没看见似的,与其他行人一样从摊前直接走了过

去。今天已经花去了一笔意外的开销，不能再花钱了。

若菜紧追不放，哀求道：

"喂，买一个嘛！完全卖不动啊。"

久太郎仍未理睬。因为觉得不能离开货摊太远，若菜停止了追久太郎，自己吃起了手拿的甜面棒。

"哎！到底哪儿不行呢？明明这么好吃的。"

"卖相不行。味道……还不错。"

久太郎回头道。

"哎？"

若菜惊讶地抬起了头。

一阵风从两人之间吹过。

久太郎刚好迎着风，一股甜面棒摊子上的味道飘了过来。

当然，鱼篓里的玉之丞也闻到了。

"喵呜！"

笼子里传来了声音，玉之丞还动了一下。久太郎脸色铁青，心想，玉之丞要是在这大街上跑了出来可就大事不妙了。若菜并不知道久太郎的担心，盯着他的脸问道：

"你刚刚是不是'喵'了一声？"

久太郎急忙转身，匆匆离开了。若菜在背后仍不肯放过：

"喂！喂！绝对说了吧？"

这回久太郎没有回头，不，是不能回头。因为既不能说是玉之丞发出的，也不好说是自己发出的。

背后似乎听到了若菜的自言自语："卖相么？"

走了一会儿，来到了商铺少一点的地方，久太郎看到了最近刚立起来的告示牌。难道又是招募官员？他走近一看，上面写着：

告示——征集杀害玉之丞的凶手信息。

久太郎没有继续往下看。详细信息他比谁都清楚，而且，即便上面写有报酬，他也不能自报家门。

不过，他还是看到了结尾处石渡政道的名字。久太郎想起了佐吉曾说过的话：

"据说罪犯一旦被他盯上就别想逃掉，像毒蛇一般狠辣……听到'水刑之政'的名字，连恶魔也要抖一抖。"

水刑……我可不要啊。

他的肩膀微微颤了一下。就在这时，背后有人搭讪道：

"感兴趣么？"

声音并不熟悉。他慢慢回过头来，发现两个男的。

年轻一点的看不出来是个什么样的人,搭话的那个看起来却是深藏不露。

这家伙也许就是石渡。

久太郎凭直觉猜道,心里一紧。那人试探地说道:

"看你还挺上心的嘛。"

"有什么线索吗?"

年轻的那个也口气轻佻地问了句。

岂止线索啊。久太郎的心已经提到了嗓子眼。

二人像是审查犯人似的一直盯着久太郎看。

一定不能动摇!

久太郎仍然面无表情,只回了句"没有",便离开了。

他感到了背后二人的视线,故作镇定地缓步往前走,在拐过一个弯后确认了一下没有人尾随,这才松了口气。

"喵呜",鱼篓里又传来一声玉之丞的叫声。

外面不可久留!

久太郎疾步向长屋走去。

可疑的浪人走后,八五郎向紧绷着脸的石渡问道:

"怎么了？"

石渡眼睛仍然盯着久太郎拐过的地方，说道：

"那个浪人，身上有兽类的味道。"

"是吗？我怎么一点儿也没觉察到。"

硬要说的话，他手里的鱼篓子有一股腥味，不过石渡说的是兽类的味道。

为了给今后的搜捕提供个参考，八五郎进一步问道：

"你说的兽类的味道，是指那只被斩杀的猫的亡灵的味道吗？"

石渡说了声"不"，目光锐利，像是发现了劲敌一般。

"可不是猫那样可爱的小动物。那像是……野狼的味道。"

狼毛手套……真的会有用吗？

回到长屋的久太郎一边把从猫见屋买来的东西放到榻榻米上，一边想到。

除了毛皮手套，还有肥皂、当厕所用的箱子、脖套等。没想到一日之内家里竟增加了这么多东西。

久太郎怕它又在哪里随地解决内急，赶紧取了点院子里的土放进箱子里，给玉之丞做了一个简易厕所。

可是，这个简易厕所到底放哪儿呢？久太郎很伤脑筋。最后他还是决定放到壁橱里面。这样可以掩盖一些气味，最重要的是，万一突然来人不用藏来藏去。

然后就是脖套……

一旦拿到手里，戴还是不戴是个问题。

要是给它戴上，就会越发显得玉之丞是久太郎所养的猫。

而这时，玉之丞还在鱼篓子里，探出头来正看着久太郎。可能是因为每次都是装在里面带它出去，似乎已经中意上了这个篓子。

你倒是啥也不用考虑，舒舒服服……

久太郎站起身，不知是要给它戴脖套还是收拾篓子，就在这时传来了五郎的声音：

"打扰啦！"

怎么又来了？久太郎匆忙将玉之丞连同鱼篓子一起塞进壁橱，同时把脖套也收了起来。

门开了。五郎边用毛巾擦着汗边进了门。

"哎呀，天真够热的啊。"

连自己都觉得时间把握得很准呢。可悲啊！

五郎并没有在意久太郎的异常，继续道：

"热伤风、痱子、吃坏肚子。对于卖药的来说倒是个好季节啊。"

"什么事？"

久太郎没好气地问道。心想，药的话最近不是刚添过吗？

五郎见他这样，叹了口气回道：

"我是来取你给夫人的回信啊。写好了吗？"

久太郎把视线移向了别处。

"我知道我是多管闲事，不过我这次离开江户短时间内不会再来了。阿静没有一句怨言，一直在等着丈夫的归来哦，和年幼的阿春一起。我不能坐视不管啊。"

被他这么一说，久太郎也想起了留在远方老家的两个人。

这么长时间来，也没有给母女两人寄过生活费。她们的艰辛肯定超过了自己的想象。

见久太郎沉默不语，五郎半放弃地说道：

"今天傍晚时分我就要离开江户了。在那之前我会在桥头等着……你要是改变了主意就去找我。"

"那我走了。"说着正准备拉门，忽然又停了下来。

"……你不觉得痒吗？这屋里。"

五郎一边用另一只手挠着痒一边出去了。

久太郎也像是突然想起来似的，挠了一会儿身子，然后打开了柜子的抽屉，默默地看着母女二人的来信。

那次身上也很痒，但不是跳蚤，而是蚊子。

久太郎一个人在院子里挥舞着木刀。因为天热，他光着膀子，衣服系在腰间，身上已经微微出了一层汗。

练习完停下来后，正好成为蚊子进攻的对象。

像胳膊这些看得见的地方用手很容易就能拍到，唯独后背上不好办，就算拍到了也已经吸过血了。这边挠完了痒，那边又要拍新来的蚊子。

在走廊玩耍的阿春见父亲手忙脚乱的样子，问：

"是虫子吗？"

久太郎没有作声，用手弹掉了一只被拍死的蚊子。

"我去拿药膏来！"

阿春说着"啪啦啪啦"跑进了里屋。

久太郎坐在廊檐下开始擦身子，心想，去拿药还不如帮我擦擦背上的汗呢。

这孩子到底是机灵呢，还是不机灵呢……

算了算了，不想了。这时，那脚步声又回来了。

"父亲，我来给您涂药。"

一只小手在背上抹着，嘴里还念道：

"痒痒、痒痒，飞走吧！"

虽然话还说得不太清楚，但是对女儿的这份孝心，久太郎还是有一些感动。

"好了没？"

女儿问道。虽然心想，哪有那么快见效，可久太郎还是准备对她说"嗯，好多了"。

可话还没出口，背上感到了一阵灼热和疼痛。因为不想在女儿面前失态，扭动身体强忍着，冷汗都冒了出来。

"父亲你怎么了？"

发现了父亲的异样，阿春担心地看着他。

"怎么了？"

"我给父亲涂了药……"

阿静从屋里走了出来，阿春把手里的东西给她看。

阿静立刻掩口道：

"啊，这是芥末呀。"

到、到底是机灵呢,还是不机灵呢……?!

久太郎痛苦地拧巴着脸,瞟了一眼阿春手里拿的装芥末的壶。

而阿春却以为父亲在瞪自己,恐惧地抱住了正在给久太郎擦拭后背的母亲。

这样会弄哭她。

久太郎想。于是朝着阿春勉强挤出几个字:"到那边去吧!"

这句话也可以理解为是赶自己走,结果阿春哭着回到屋里去了。

看着女儿幼小的背影,母亲很心疼,不禁埋怨起父亲:

"别总摆出那副吓人的脸嘛。阿春也是为你着想啊。"

说着朝女儿追去。

剩下父亲一个人坐在走廊边,闷闷自语道:

"疼,疼……"

他感觉这疼不光是背上。

从那以后,斑目家装芥末和药膏的容器上都贴上了手写的"芥末"和"药"的条子。那可不是久太郎写的,而是阿春写的,说是为了不再把父亲弄疼。

可是女儿幼稚的字实在难认,久太郎还是时常弄错,结果不免又疼了几回。

"痒……就是疼。"

不知从何时起,在久太郎的概念里就形成了这样的范式。

他看了一眼玉之丞,还在挠着痒。

"疼起来……怪可怜的。"

久太郎慢慢站起身,开始准备盆和热水。

他从井里打来水,看到倒映在水里的自己,心想:

这副恶相是生来如此的。

所以得随时应对女儿被吓哭。

好,开始洗了。武士帮猫洗澡,想想真是可笑……可是,不洗又痒得不行。

久太郎将玉之丞慢慢放入准备好热水的盆里。热水的量刚好能够浸没玉之丞的脚,温度嘛考虑到现在这个季节凉一点也不要紧,是比人体温度要稍低一些。

绝不是因为嫌烧开水麻烦才这样的。

久太郎在心里为自己开脱到。而玉之丞也是一脸舒服的表情,所以应该没有问题。

久太郎不断用手捧起水往玉之丞身上浇,准备先把它的全身浇湿。

毛被弄湿后,玉之丞看起来比平时瘦了一圈,显得有点寒碜。

原来美猫也有另外一面啊……

久太郎心情稍稍变得愉悦起来,手法笨拙地打起肥皂来。可能玉之丞本来就喜欢洗澡,一直蹲在盆里一动不动,还挺配合。

"先用肥皂洗干净……"

他用沾满泡沫的手给玉之丞揉搓。沾湿的毛比预想的要柔软,猫背上的皮也很薄,好像连骨头都摸得到。

怎么不多长点肉呢?……感觉要搓破了。

脑子里瞬间闪过这样的想法后,久太郎的动作更轻柔了。不敢使太大力,避免用指甲抓,就像对待一件会轻易破碎的物品一样,轻轻地给玉之丞洗着。

说起来,他还从未这么温柔地照顾过阿春呢。

他想起了刚出生的阿春第一次被递到他手上时的情形。

那小东西软软的,像没有骨头似的,让人感觉那是世界上最脆弱的活物。

而且,当那个小东西躺在自己的臂膀里,感受到的与其说是喜悦不如说是恐惧。

自那以后，久太郎将照料阿春的工作全部交给了阿静一个人。

说自己怕弄伤孩子而不去碰她只不过是借口而已吧。

实际上，自己并没有那么强壮，否则就不会因为孩子抹点芥末就那么痛苦不堪了。

对于那个小生命的诞生，简单地表现出喜悦不就行了么？

直到今日，久太郎才有所感悟。

使自己认识到这一点的，正是这个正舒舒服服地洗着澡的小毛物。

要洗多久算好呢？

当玉之丞全身都起满了泡沫后，久太郎犯愁了，因为他没有问该洗到什么时候为止。

基本上到处都洗到了，应该可以了吧？于是他把已经凉得差不多的水往玉之丞身上浇。按照阿七所说的，仔细地冲洗着泡沫。

然后再把水擦干……

久太郎正准备拿毛巾时，玉之丞使劲抖了抖身子。

顿时水滴四溅，把旁边的久太郎也打湿了。

吸水效果还行……

久太郎只好拿准备给玉之丞用的毛巾先擦了擦自己。然后复仇似的在玉之丞清爽的脸上一通擦拭。

终于到最后一步了。

当玉之丞全身的毛干了，又变回一只漂亮的白猫时，久太郎把事先用炭炉加过温的狼皮手套戴在了手上。然后由头到背，再到尾巴，顺着玉之丞的毛慢慢摩搓。

跳蚤跳蚤搬家吧！

忙得起劲的久太郎一不小心逆了毛时，玉之丞就会做出要咬他的样子。好像很讨厌别人弄乱了自己的毛似的。

久太郎犯了好几次这样的错误，不过好在反应快，并没有被咬到。

完了后，他将手套在炭炉上抖了抖，掉到炭火上的跳蚤发出"噼里啪啦"的爆裂声。

果然没错，还真是蛮有趣的！

光听到这声音就觉得瘙痒消失无踪了，他的心里涌起了小小的成就感。

久太郎紧接着又把房间打扫了一遍。他认为既然生了跳蚤，虽然猫身上清理干净了，但屋里可能还有残留。

扫完后又用抹布擦了一遍榻榻米。当这所有的工作完成后，久太郎舒坦地往干干净净的榻榻米上一躺，感到了许久没有过的劳动过后的惬意。

旁边散发着肥皂香味的玉之丞正不断用舌头舔自己的身体，整理着自己的毛。它似乎发现了洗过澡后自己身上没有了猫本该有的味道。

自己，本该有的？

久太郎站了起来，从壁橱里拿出了刚才在猫见屋带回来的挂有铃铛的脖套。

"我并不是要用这个来表明你是我养的猫，只是把取走的东西还给你而已。"

久太郎小声道，与其说是说给玉之丞，不如说是说给自己听。虽说是为了假造"斩杀玉之丞"的现场，对于把原来那个脖套割断还是感到很抱歉。

轻轻地给玉之丞戴上后，崭新的铃铛发出了清脆的"叮铃"声，玉之丞也兴奋地"喵呜"叫了一声。

总觉得戴着脖套的玉之丞才更有玉之丞的范儿。

玉之丞也因为曾经戴惯了的东西重新回到了脖子上而显得更加沉稳了些。

自己本该有的样子到底是什么呢?

久太郎看着玉之丞,再次陷入了思考。至少很久以来,自己并没有作为一个丈夫、一个父亲本该有的样子。

忽然外面传来争吵声,打破了屋里的平静。

"我为什么非得要付给你钱?"

这是若菜的声音。接着传来了男人的声音:

"怎么?别以为你是个小姑娘我就会饶了你!"

吵架么?

久太郎刚反应过来,便听到若菜一声尖叫。

急忙跑出去一看,只见若菜重重一拳打到那男的脸上。

男人顺势后退了几步。若菜甩了甩胳膊,长呼一口气调整着呼吸。

真够生猛……

久太郎目瞪口呆,心想,看来不需要我出手。正欲离开时,只见那男的拔出了一把刀喊道:

"我宰了你!"

这时若菜也慌了,吓得肩膀发抖。

久太郎想,该是出场的时候了,于是疾步走到两人中间。

"武士大人!"

若菜马上躲到了久太郎身后。男人恐吓久太郎道:"你谁呀!"

是呀,我是谁呢?

久太郎刚好正在思考这个问题。见对方没说话,男人挥起刀冲了过来。因为若菜在后面,久太郎没有躲闪,而是徒手夺白刃。

正在男人惊讶之际,刀已经被夺下,反过来对准了那男人。

转瞬之间,胜败已决。

久太郎因为过于匆忙没有带刀出来,也只能如此了。

久太郎瞟了一眼屋内,他感到了作为武士的自己也有危险性。

而屋内,玉之丞正绕着刀鞘嬉戏。久太郎想大斥一声"喂!"可又不能这样做。

如果继续打斗,就借用一下这把刀吧。

正想着,一看,对方的腰上只有一把刀鞘。也就是说,夺了他这把刀,他就赤手空拳了。

久太郎狠狠地瞪着他,看他是否就此罢休,那男的果然吓得往后退。

见他转身欲跑,久太郎大喊一声"给你!"轻轻把刀扔还给他。

"好险!"

男人一躲,刀落在了地面上。男人捡起刀后迅速逃走了。

"真厉害!武士大人,你这张臭脸还是蛮管用的啊!"

"后面一句是多余的!"

我的不同之处难道就在这里?久太郎感到越来越没了自信。

"多谢相救。那家伙叫新吉,被他找茬儿了。小女子不胜感激!"

若菜嬉皮笑脸道。

"你要我么?"

久太郎白了若菜一眼。若菜马上摇头道:

"不不,真的很感谢你!这样我明天就又能精力十足地干活了。我必须得努力挣钱寄回家去。"

"寄回家去?"

被久太郎这么一问,若菜有点窘迫地挠挠脸说:

"老家妹妹有病,药费需要不少钱。"

若菜再次向久太郎道谢后,朝自己的货摊走去。

她的笑容里丝毫感觉不到劳累的痕迹。

久太郎也回到了屋里，关上门后，他若有所思。

现在的自己能够做到的符合自己身份的事情是什么？

他没有去玉之丞那儿拿刀，而是抓起柜子上的招财猫匆匆出了门。

夕阳西下，晚霞映红了天空。

傍晚的钟声已经响起。

他从那些走在回家路上的人们中间穿过，一路奔跑，气喘吁吁地来到了五郎说在那里等他的桥边。

看到五郎正要起身背行李，久太郎连忙喊一声："等一下！"

五郎可能都已经死心了，听到喊声后惊讶地睁大了眼睛。

久太郎不等喘口气就把招财猫递过去。

"帮我把这个……带回去。"

"这个？"

"里面……有钱。"

五郎看了看久太郎，又看看招财猫。看他急急忙忙赶过来的样子，知道肯定是没有写信，于是小心翼翼地接下了招财猫。

"是这样啊。我一定送到。有什么要交代的吗？"

"不许把钱昧了！"

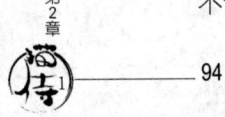

说着,久太郎转身欲走。实际上,他什么都没有想。

他只是想到了自己作为"丈夫"和"父亲"该有的样子,于是就决定寄钱。

五郎在后面大喊:"不是对我说的吧!"

其实久太郎也不认为五郎会把钱给昧了。

要是这么想,也不会把这么重要的东西交给他。

久太郎头也不回地朝来时的路走去。

"……夫人和阿春肯定会很高兴的!"

听到五郎这么说,他也感到了一丝愉悦。

与来时不一样,久太郎迈着缓缓的步伐行走在喧闹的人群里。本应疲惫的脚步,这时却意外地轻松起来。

三两银,眼前过,除了猫,啥都没剩。

他想起了与脚步同时变轻的钱袋子。这下又变回贫穷浪人了。

这也没什么!此刻的久太郎稍显乐观。

要不再去除个猫妖什么的……不对,等一等!

他忽然意识到再去斩除猫妖的话,家里的猫可能还要增加。

这种事还是算了吧,他想。

得去找下一份工作了。

抬头望望天,一片云彩从眼前飘过,那云的样子竟然比义一的画还更像猫。

第 3 章

阳光从被玉之丞弄破的拉门的洞口射了进来,刚好照在还在睡着的久太郎的脸上。

"……"

不得已,久太郎只好比平时早起了点。本想再睡会的,可想想以后,还是决定起来把拉门上的破洞糊上。

因为刚刚把钱全部交给五郎了,没钱重新更换拉门纸,只好随便找了一块纸弄几颗饭米粒给糊上了。

他看了看补好的洞,又看了看睡在壁橱里的玉之丞,突然觉得哪里不合情理。自己被刺眼的光照醒了,而那个罪魁祸首却在暗室中美美地睡着。

可能是已经起来活动的缘故，这会儿已经没了睡意。

现在没了跳蚤，睡得也好……

转头一想，也可能是昨天晚上比较疲惫，所以睡得比平时更熟吧。

俗话说早起三分利，干脆练练剑吧。

久太郎决定不再睡了，拿起木刀来到后院开始练习。

练了一会儿后，太阳升起来了，周边的动静也越来越大，人们开始了一天的生活。

练到一百下时，久太郎将举起的木刀尤其用力地往下一挥，然后横着一扫，划了个"一"字。

完美无缺！

完成这一连串动作后，他稍显满足地自我陶醉了一会儿。

今天就到这儿吧！当他回到家徒四壁的屋内时，顿时又清醒了。

工作还没有着落……

他呆呆地望着屋顶。

他发现站着看房间的时候，比趴在榻榻米上从玉之丞的视角来看时，要显得狭小。

"喵呜"

玉之丞也从壁橱里起来了,在久太郎脚边绕来绕去,缠着他要吃的。

虽然久太郎自己也感到饿了,但被一只猫要求去做饭,怎么想都有些郁闷,于是转身准备回到院子里再练一会儿。

换句话说,这也可以叫作"倔强"。

不过,还没等他回到院子里,他那脆弱的倔强已经土崩瓦解了。

玉之丞刚刚洗过的蓬松松的毛在他的小腿上蹭来蹭去,弄得他痒痒的。

"知道了!知道了!"

久太郎只好服输。他把木刀靠在拉门上,可刚走出一步,只听"扑哧"一声,刀倒了,拉门上出现了个破洞,比玉之丞弄的洞更大。

"……"

久太郎茫然地呆立了一会儿后,还是叹着气找来纸把洞糊了一下。

早起三分……利?

第二次糊完拉门后,久太郎不太情愿地准备起迟到的早饭来,这时,像是呼应玉之丞的叫声似的,他的肚子里传来了"咕噜"一声。

"吃吧！"

久太郎将一碗浇有鲣鱼汁的冷饭放到玉之丞的面前。自己面前同样也放了一碗，然后双手合十说了声"我吃了"，便大口扒拉起来。

而玉之丞只是稍微闻了一下味道，舔了一口后便不吃了。从它眼睛一直盯着碗里的饭来看，好像并不是因为不饿。

难道是因为没有及时给它做饭而闹别扭？

久太郎看了一眼自己碗里的鱼糕。这还是五郎给的，一直没舍得吃，心想今天一早起来就糊拉门什么的，为了犒劳一下自己才拿出来的。

经过一番思想斗争，还是毅然夹了一小块放到了玉之丞的饭上面。

然而，玉之丞却站了起来，朝着壁橱方向走去。

"喂，鱼糕可是美味啊！"

久太郎把刚放下的鱼糕又夹了起来，一边自己吃着一边去追玉之丞。他抱起这只白猫，仔细看了一会儿。

"好像瘦了点吧。"

表面上玉之丞毛茸茸的，看不出来，用手一摸还是觉得比刚带回来的时候要细一些。

吃完早饭后,久太郎将玉之丞留在屋里,自己一个人来到了街上。是要去找工作呢,还是要去为玉之丞的食物问题想办法呢,连自己也不是很清楚。

既然过去是吃寿司的猫……它会不会吃小龙虾呢?

想到这里后,他看了一眼桥下面的小河。不巧的是,今天没有带鱼篓子来。

"瞧一瞧,看一看啊,南蛮传过来的'甜喵棒'!很好吃的哦!"

一阵铿锵有力的声音传到了久太郎的耳边。转头一看,原来是若菜正拉着她的货摊在沿街叫卖。

久太郎向若菜走去,只见她头上戴了个猫耳朵似的东西,好像是用簪子从两边别着的。久太郎嫌麻烦,就没有问她这个,而是歪着头问到另外一个问题:

"不觉得名字怪怪的吗?"

若菜脸上露出了神秘的笑容,一边喊着"你看!你看!"一边跑了过来。

"我把形状改了一下,你看怎么样?"

若菜递过来的确实是刚炸好的甜面棒,不过形状是圆的,中间是个空洞。圆形的上部有两个突起的部分,看起来就像是猫脸。

"这已经不是棒了。"

久太郎直截了当地说出了自己的想法。他觉得还不如把"棒"字去掉,直接叫"甜喵"什么的就行了。若菜马上板起脸说:

"那有什么关系,很可爱吧?这样的话肯定能大卖!喵——哈哈,我要在这座城里掀起一股吃炸面圈的潮流!喵——"

若菜兴高采烈地说着她的目标,或者说是野心。而久太郎却不屑地歪着头,继续向前走去。

……喵?

这是什么意思?也是表示"可爱"吗?

"喂!我说,不买一个么?"

若菜追着喊道。久太郎越发感到不解。

喵?

他感到日语有点混乱了。

等到若菜"喵、喵"的揽客声渐渐远去的时候,久太郎这才想起来,猫的事情还是去问一下喜爱猫的人吧。

和平常一样,他来到了行人稀少的地方,远远地看到了通往神社的石阶。正如久太郎所料想,义一在石阶旁摆了一张席子,坐在上面。摊子前没有顾客，只有一只像是路过的黑猫。义一一边逗它一边画着什么。

久太郎走近了一瞧，纸上面漆黑一团，让人联想到像是悼念什么东西似的。不过从义一一边和颜悦色地看着黑猫一边移动画笔来看，不像是有什么问题。

义一抬头发现了久太郎，"噢呀"了一声。

"武士大人，又见面了啊。"

倒不如说是特地来见面的，但又不能说。

久太郎正苦于不知如何打开话题，这时义一说了声"对了"，翻动起手边的画。画的尽是些让人摸不着头脑的内容。他取出一张最让久太郎感到莫名其妙的画说：

"怎么样？可爱吧？"

哪、哪里可爱了？

久太郎一头雾水。只见画上有一个褐色的大团团，被几个小团团围着。这样看来，若菜所谓的"可爱"还更好理解些。

义一边看着画边说道：

"上次那只母猫产崽了，生下的小猫们真是太可爱了，一个个毛茸茸、软乎乎的。不过，刚生完的母猫为了保护幼崽，变得非常警觉,不让人触碰小猫……要是把它那样子也画出来会更讨人怜爱,不过过分惹它的话它会不高兴,所以就这样远远地看着它画出来的。这一窝猫能够母子平安,还多亏了武士大人您啊。再次表示感谢!"

面对义一的深深一鞠躬,久太郎感到很抱歉。他体会到了义一对于猫的喜爱,也感受到了他的谢意。

但是,最希望他能传达的小猫的可爱之处,却还是没能体会到。久太郎无奈,数了数小的团团的数量,那是他勉强能够获得的信息。

"竟然生了六只啊。"

"是呀,托您的福。哎呀,取起名字来可烦神了。按花色取的名字都已经用完了,接下来我想用一些可爱的食物的名称什么的来取。"

听到这里,久太郎脑海里迅速浮现出刚才那一幕。

"叫甜喵棒怎么样?"

"哎?"

义一一脸疑惑。刚才还感到自己答得很巧妙的久太郎马上垂下头小声道:"不,没什么。忘了吧。"

他借此机会赶紧转移到本来准备问的话题上:

"可、可是,喂养这么多小猫,母猫会瘦的吧?"

因为说得急,声音有些颤抖,调子都变了。而义一并没有注意到这些,一边"啧啧啧"咂着舌头,一边伸出食指摆了摆说:

"有产后滋补的猫咪FOOD。"

又来了一个听不太懂的词。

"哎?FOOD?"

久太郎似乎听懂了,但又重复了一遍。心想,这老头知道的还真不少。

这回义一闭着眼睛,摇着头说:

"NO!NO!是猫咪FOOD。营养丰富,连爱挑食的猫咪也钟爱有加。"

"噢?"久太郎向前移动一步。看来正好适合那只挑食的白猫。

"什么猫都可以吃吗?"

久太郎想确认一下。义一充满自信地答道:

"毫无问题!"

"……听他这么一说,我就来了。"

来到猫见屋的久太郎跟阿七解释道。店里还是那么安静,但是客人不少,看来生意相当兴隆。

阿七从一个放在避光处的架子上取出一样东西来。

"这就是义爷所说的猫咪饭。"

是盛在一个木碗里的米饭，里面掺有各种切得很碎的材料，比久太郎平时吃的饭看起来还要高级。阿七一脸得意地继续道：

"考虑到猫咪的健康，将肉、鱼和蔬菜绝妙地配在一起，拥有极致营养的猫咪饭！这个是专供产后用的，适用于'食欲旺盛，需要大量摄取营养'的猫咪，非常有助于出奶。不过，这可是限定季节，限定数量提供哦！"

久太郎想，我不需要专供产后的猫用的，但他还是对于限定产生了疑问：

"为什么要限定？"

阿七耸了耸肩，一边把猫咪饭放回架子上一边说道：

"这个只有在繁殖期才需要啊，也就是现在。而且，家里有产后母猫的客人也不是太多，最重要的是不能长时间保存。像现在的天气，放在避光阴凉的地方也最多只能保存半天。这个实际上就相当于义爷家的小花专用的。"

难道谁家养了什么样的猫她都很清楚？

久太郎再一次领略了阿七的厉害。他觉得要是让自己从很多没

有戴脖套的白猫当中找出玉之丞,他都没有把握能找出来。阿七略加思索后说:

"小久应该不是产后吧?"

久太郎听后一哆嗦。

我怎么可能是产后!

不过转念一想,阿七肯定是将玉之丞的名字记成是"小久"了,连忙摇摇头。

"什么情况?"

"最近没有食欲,好像瘦了些。"

听久太郎这么一说,阿七又开始在架子上搜寻。

"这样的话,比起营养来,更重要的是要让它增进食欲。针对这样的猫咪,可以选我阿七特制的猫食系列——'肉多多'!……要是爱吃鱼的话,也有'鱼多多'版哦!"

这次拿出了两个碗。久太郎想起玉之丞在原来的主人家时吃的是寿司,于是说:"比较而言,更爱吃鱼。"阿七就将肉多的那一碗放回了架子上。

这个看起来也不像是猫吃的啊。

久太郎呆呆地盯着"鱼多多"。阿七拿起筷子递给他:

"你尝尝看!"

面对这碗看起来不像猫食的猫食,吃还是不吃,久太郎纠结了半天,最终还是战战兢兢地吃了一口。

好吃!

面对这久违的鱼肉饭,久太郎不禁多吃了几筷子。

阿七面露微笑道:

"好吃吧?"

"比小龙虾好吃多了。"

"嗯?小龙虾?"

"……"

为了把一不小心说漏嘴的话搪塞过去,久太郎只好继续吃。

"对了,那个是给小猫吃的,富含成长所必需的营养成分。而大猫吃的能够增加毛的光泽,成分是不一样的……我说,你在听吗?"

看到久太郎心不在焉,阿七吃惊地说道:"你吃得真够猛的啊!"

"……多少钱?"

久太郎把碗推回去问道。

"嗯,给武士大人你优惠,一碟子一两钱。"

完全没有优惠。

久太郎捏了捏兜里的钱包,瘪瘪的。阿七笑眯眯道:

"刚才是不是在想,完全没有优惠?"

我是那么容易从脸上看出内心想法的人吗?应该不会吧……

久太郎干脆站立不动,装出没有任何表情的样子,不让对方看出破绽。

"这可是我个人耗资花费三年才开发出来的啊!"

真的假的?

"老是吃鲣鱼汁浇冷饭当然会腻歪的!偶尔也让它吃点好吃的嘛!"

不、不会连我家的饭桌也被她看到过吧?

久太郎不知如何是好,已经在心中举双手投降了。阿七重新打量了久太郎一番,然后似有领悟地说道:

"很穷是吧。"

果然,经济状况也被看出来了。

"工作呢?"

反正不说也知道吧。

"没工作是吧。"

果然厉害!

一件一件地被揭露的久太郎自暴自弃似的沉默着。阿七最后小声嘟哝道:

"小龙虾?"

久太郎不禁肩头一颤。

阿七又叹了口气道:

"像你这样的年纪不正是年富力强的时候吗?不正是该努力工作养活家人吗?"

"家人?"

久太郎惊讶地看了一下阿七。连远在老家的妻儿她也知道?只见阿七伸出一只手模仿招财猫的动作,认真地说道:"猫咪就是家人!"

又来了!

久太郎无奈地仰面朝天。他就料到了会这样,所以一开始没有来猫见屋,而是去找义一,没想到还是没躲掉。这时,阿七提议道:

"对了,去寺子屋教书怎么样?"

"那不是武士该做的。"

久太郎摇摇头。

他固执地认为，武士就该有武士的样子，一旦做了不符合武士身份的工作，就不是武士了。

他不由表现出一副凛然的样子。阿七见他那表情，马上改口道：

"也是，这么恐怖的表情会吓哭孩子的。"

自家孩子就已经被吓哭过……

久太郎怒视着阿七，觉得想哭的是自己。而阿七仰视着房顶做思索状，并没有看他。然后，突然想起来似的，"啪"的一拍手：

"那糊伞怎么样？"

不用说，久太郎还是那句话：

"那不是武士该做的。"

"真是！那你到底想做什么呢？"

当然是做武士该做的。

结果，久太郎什么也没买被赶出了猫见屋。

"有人吗？"

久太郎被赶出来后接着就去了茂平那里——根仓藩大名藩邸。

上次被人家轰出来的事情还记忆犹新，不过，要想找到"符合武士身份"的工作，持有介绍信还是最为便捷的途径。

久太郎准备再喊一遍，刚喊出"有"字，边门被打开了一半。

茂平从里面探出头来，一见是久太郎，立刻惊讶道："怎么又来了！"

反正今天在阿七那里已经被狠狠地说了一通，这点打击也算不了什么了。久太郎毫不气馁，拿出介绍信请求道：

"麻烦你帮我呈递一下，就这一次！"

茂平轻蔑地上下打量了久太郎一番，说道：

"像你这样脏兮兮的浪人，带进去我会挨骂的！"

在我还没变得这么脏兮兮的时候你也没带我进去过啊。

久太郎也死劲盯着他，感觉今天还有争取的余地。

茂平用力摇摇头。

"要是因为你而丢了工作，你怎么补偿我？我家里还有老婆孩子的，要是落得像你一样，你叫我该怎么办？"

同样也有妻子孩子的无业男人，突然感到内心被什么东西猛刺了一下。

你、你这毛头小子竟然还……

内心已经基本泄了气的久太郎狠狠瞪了他一眼。

茂平小声说了句："好吓人。"

就在这时，传来一阵清晰的脚步声。

"斑目……"

听到有人叫自己，久太郎转头一看，是一张似曾相识的脸。

"内藤勘兵卫……！"

那是久太郎二十几岁时候的事情。

当时已经小有名望的久太郎为了进一步的修行，来到了位于江户的同一流派的道场。

就是在那里，认识了内藤勘兵卫。

虽说两人关系不太亲密，但在道场内都是不可小觑的人物。

两人曾多次交手，但从未决出过生胜负，可见二人的实力实在是不相上下。

后来，久太郎回到了故乡，所以"到底哪个更强"这个问题至今仍没有答案。

似乎觉察出了什么的茂平小声问道："内藤大人，你们认识吗？"

内藤点点头，一边打量着久太郎的装束，一边假装关心地说道：

"好像……不太精神啊。"

与衣衫破烂的久太郎相反，内藤一身上等的和服，连一道褶子都没有。

怎能让曾经的同门来怜悯自己……

至少精神上不可以输给他。久太郎重新振作了一下精神，决心只要内藤在场，决不退缩，无功而返。情景实在是过于悲惨。

见久太郎挺了挺脊梁，并不打算走，内藤问道：

"来我们这有什么事？"

久太郎没有说话，把介绍信递给了他。信封上面的字内藤应该也是熟悉的。

内藤接下了信，并没有查看内容。

"信我收下了，我会转告上面的人。"

太好了！

久太郎暗暗握了握拳。他抑制着内心的兴奋，极力保持着面色不改。

"那么，明天我再来拜访！"

说着，转身离开了藩邸。

河堤边行人熙熙攘攘，久太郎的步伐显得比往日要轻快。

这样终于能再次成为真正的武士了。

他强忍着嘴角流露出来的喜悦。就在这时,他又闻到了甜喵棒的味道。

一看,若菜的货摊就在前面,她正在招呼客人。头戴猫耳的若菜也注意到了久太郎。

"哎?好像有什么好事情吧!"

若菜乐呵呵地跑了过来。久太郎差点把工作的事情说了出来,可转念一想,要是不成就丢人了,所以只答了句"算吧"。可能是因为心情不错,语气比平时温和了些。

"快说!快说!"

"不久就会知道的。"

久太郎露出了笑意,表现出了那种成年人才有的从容。正要从货摊前面走过时,上面贴的一张纸让久太郎收回了笑容。

"征集杀害玉之丞的凶手信息"

与前几天看到的牌子上的内容相似。见久太郎一动不动地盯着那张纸看,若菜伸过头来解释道:

"哦,那个啊,刚才有一个可怕的捕快过来……"

还没说完,马上又歪头想了想,改口道:

"不，说'可怕的'也许不合适。"

"怎么了？"

久太郎疑惑地问道。也许来贴这个的人就是石渡，所以像若菜这样的女孩子说他"可怕"本应很正常。

而若菜却显得很为难地说道：

"那个捕快，表情恐怖地过来跟我说：'小姑娘，借用一下你的货摊可以吗？'哦，对了，那副臭脸跟武士大人你有得一比。"

后面一句多余！

若菜没有管久太郎的反应，自顾自地做着嗓门的练习，似乎是在模仿石渡的声调。久太郎不知该怎么办，只能看着若菜怎么调整声调，心想，你和佐吉不去演戏真是浪费了。

"咳咳。是这样的，他问我：'小姑娘，喜欢猫啊？'我回答他：'不喜欢的话就不会扮成这个样子喵。'"

喵？

久太郎对她的回答方式感到很稀奇。若菜自如地提高或降低着声调，继续道：

"'你对这个事件怎么看？'他说着拿出那张纸给我看。我看后说：'真是可恶喵！'然后他问：'你能协助我们喵，小姑娘？'

我答道:'当然喵!'就这样,我们结成了猫咪同盟。"

……到底在说什么?

久太郎越发弄不明白了。也许是期待着若菜能有佐吉那样的演技,结果很失望。不过,最重要的问题是,石渡说话也带"喵、喵"?

那只是若菜的表演,不是真的石渡吧?

不过,她的热心还真是不输给石渡。

正在久太郎猜测不透时,若菜又继续道:

"为了纪念同盟的成立,那个捕快还买了许多甜喵棒带走了!他还称赞说:'形状好可爱啊。'真是个好人吧?所以,说他'可怕'又觉得有点……那感觉倒是和武士大人你有些相似喵。"

……怎么又和我扯上了!

久太郎点点头,似乎听明白了。

"对啦!今天因为那个捕快,我大赚了一把,给武士大人你优惠一次吧。送你几个外形不好卖不出去的甜喵棒!不过味道绝对没错,这你也知道的。"

若菜边说边高兴地回到货摊的后面,然后拿出一个装了几个甜喵棒的竹篓递过来,说了句:"篓子别忘了还我哦。"久太郎点点头。

晚饭有着落了。今天好事情还真不少呢!

正当久太郎露出了得意的微笑，若菜似乎想起了什么似的，生气地说道：

"啊，不过我和一起来的那个叫作八五郎的没有结成同盟！他竟然说：'猫哪里好了？'还说我的甜喵棒'很难吃的样子'！你说过分不过分？……咦？你在听吗，武士大人？"

久太郎自听到八五郎的名字起，就一头撞到货摊上面的杆子上，后面的话根本就没进耳朵。

既然与八五郎一起的话，那捕快果然是……

久太郎搓了搓撞疼了的额头，一把撕下了那张贴纸。那粗野的字迹怎么看也不像是一个与若菜用"喵、喵"的语气说话的男人写的。

"不管怎么说，杀猫的行为实在是过分！不可饶恕！"

若菜气势汹汹地说道。容不得久太郎多想，气呼呼地将手里的纸揉成了一团后走开了。

"啊，你在干什么喵！"

对于若菜的叫喊，他已经不在意。

他反倒因为能当着别人的面除掉了那张纸而感到畅快。

当天晚上，久太郎把自己的饭让给玉之丞，可还是不愿意吃。

给它若菜送的甜喵棒才吃了一点。

总算吃了点东西，这使久太郎稍稍放了心，不过他觉得光这样还是不行。

等我哪天有了钱，也许会给你弄点美味吃吃，比如猫见屋的猫咪饭什么的。

久太郎一边想着一边将瘦下去的玉之丞放进壁橱里。

可玉之丞好像还不困，总想出来。现在全城都贴满了告示，久太郎当然希望它能尽量待在壁橱里不要出来。

"忍忍吧！"

玉之丞一出来，久太郎就把他重新送回去。

过了一会儿，玉之丞终于拗不过，在壁橱里睡着了。

等工作定下来了……

久太郎一边躺在被窝里，一边想着工作的事边等待着早晨的来临。

令他期待得睡不着的早晨不觉中已经到了。

"……睡得不错！"

久太郎稍稍整理了一下装束，匆匆吃过早饭就出门了。

这藩邸的大门对他来说已经很熟悉了。久太郎边敲门边高声喊道：

"有人吗？麻烦通报一下内藤勘兵卫大人！"

也许是心理作用吧，背挺得似乎都比平时直了。

"吱"的一声，边门开了。茂平探出头来，脸上似乎还睡意未消。也难怪，今天来得比平时都要早。

茂平没好气地说：

"不巧内藤大人今天早上有事离开江户了，一时半会儿不会回来。"

久太郎忽觉眼前一黑。刚刚还意气风发的他一下子慌了神。

"跟他说好了今天来的，你应该也听到了啊。"

"情况就是这样，很抱歉！"

茂平说着就要关门，没有丝毫商量的余地。久太郎伸出一只手阻止。

"等等！我也……有家人。"

自己也弄不清这"家人"到底是指玉之丞还是妻儿。他重新想了想然后说：

"我也……有妻子和孩子，所以……"

"所以什么？我当时这样说的时候，你为我的家人想过吗？"

茂平冷冷地回道。久太郎畏缩了。茂平确实这样说过：

"要是因为你而丢了工作，你怎么补偿我？我家里还有老婆孩子的，要是落得像你一样，你叫我该怎么办？"

久太郎因为自己总是受伤，根本没有考虑过茂平的家人。见久太郎沉默，茂平开口道：

"没想过吧？因为是别人的家人，所以根本引不起真正的同情，心里面只有自己和自己的家人。至少我是这样的。所以，请你不要再来为难我了！"

说完，茂平把门关上了。久太郎也无法再做什么。

明明与来的时候是同一条路，此刻却感觉无比漫长，步履沉重。久太郎沮丧地朝着长屋走去。

即便有介绍信也没能谋个一官半职，看来通往梦想的道路已经被堵死了。重新成为武士真是个巨大的难题，久太郎有一种走投无路的感觉。

给它买好吃的这个愿望也化为泡影了。

脑海中浮现出的是除了甜喵棒什么也不吃的玉之丞。这样下去该怎么办呢？真不忍心看到它那瘦骨嶙峋的样子，可是只要想要它性命的人还在，就不能把它送回原来的主人家。

久太郎边走边想着，不知不觉已经走到了自家门前。

这时，从隔壁若菜的屋内传来了一阵香味。

对了，还得还她篓子呢……

久太郎现在不想见人，可一想到是借的东西还是毅然回屋拿来篓子，走到若菜屋前敲了敲门。

"来啦！来啦！"

里面传来了清脆有力的声音。门开了。

"啊，武士大人，你帮我送来了啊。欢迎回来，我的篓子！"

若菜高兴地从久太郎手里接过了篓子。只见她满头大汗，头发湿湿地贴在额头上，像是在烧火做什么。不过，她的笑容依然是那么爽朗。

"刚炸好的，尝一个吧？"

说着，把久太郎引进了屋内。

一口大锅架在柴火上，旁边堆满了炸好的甜喵棒。若菜从上面拿了一个递给久太郎。

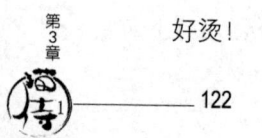

好烫！

虽然久太郎觉得烫，可若菜催着说："快点趁热吃！"于是他小心翼翼地咬了一口，果然被烫得连味道都没尝出来。

若菜继续忙着一边把还没炸的甜喵棒往锅里放，一边欢快地唱道：

"生意兴隆又昌盛，财源滚滚来呀，财源滚滚来……"

简单明了地唱出了商人的追求。

久太郎"呼呼"地把手里的甜喵棒吹凉后，慢慢地咬了第二口，然后问道：

"……你不觉得烫吗？"

"我手皮厚，当然，脸皮也挺厚。财源滚滚来呀……"

见时间差不多了，若菜开始用筷子从锅里往外夹。

"哎呀，又炸坏了。耳朵这地方还真不好弄。"

"……你怪能干的啊。"

久太郎留下这句话准备要走。

"等一下。"若菜用刚刚还回来的篓子装了几个形状炸坏了的甜喵棒递给他。

"不嫌弃的话，把这个带回去吧。这是用米粉做的，可以代替早饭吃。"

久太郎看着递过来的甜喵棒,想起了那只现在只愿意吃这个的白猫,默默地接了下来。若菜欣喜地笑道:

"今天没说什么'武士不需要施舍'了嘛。嗯,我就喜欢这样干干脆脆地收下的做法!"

被她这么一说,久太郎不知如何是好。他还不习惯于接受别人如此率直的好意。最后说了句:"不胜感谢!"

若菜苦笑了一下。

"果然从你嘴里说出来的话还是带有武士的味道。"

"可能是因为有一颗武士的心吧。"

说完,久太郎感觉一直堵在胸口的什么东西落下了。

心吗?

久太郎的脸上忽然展露出了笑容。

若菜继续道:

"我也在尽我所能的努力,毕竟是自己选的路。虽然很辛苦,可是很多客人都说我做的好吃呢。啊,一想到我也能够给别人带来笑容,就浑身充满了干劲!……当然,也是为了赚钱啦,呵呵呵。"

"……待会就把篓子送过来。"

"哦。偶尔也买一次呗。"

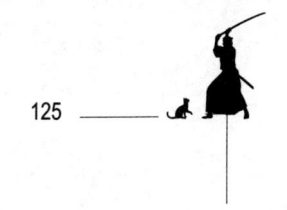

"行。偶尔！"

说着，久太郎回到了自己屋内。

屋里没见着玉之丞的影子，壁橱的门也关得好好的。

难道是习惯了待在里面了吗？

久太郎顿时觉得它怪可怜的，把壁橱门打开了。

只见玉之丞背朝着外面缩成一团。看到久太郎"喵"了一声，摇了摇尾巴。

"看，你喜欢吃的！"

看到久太郎把篓子放到榻榻米上，玉之丞想，现在可以出去了吗？它迟疑地迈开了步子。"可以出来啦"，久太郎抱起玉之丞直接放到了篓子旁边。玉之丞高兴地吃起了甜喵棒。

看到它那贪婪的吃相，久太郎也感到很满足。

当时要是直接说出来就好了……

久太郎回想起阿春第一次做酱汤时的事情。

那天，久太郎一个人坐在走廊下擦着他的刀。虽说作为武士这是很正常的事情，而那天主要是因为阿静说要教女儿做菜，两人都去厨房了，所以没事情。

久太郎一边听着远处传来的母女二人的对话，一边看着已经收拾好的刀。

晚霞已经映红了天空，从屋里传来了香味。

大概快做好了吧？

怕对年幼的女儿有什么危险，久太郎赶紧把刀收进鞘内。

就在这时，阿静端着冒着热气的锅来到了走廊。

"这可是阿春亲手做的哦。"

说着揭开锅盖让久太郎看。是一锅酱汤，里面的菜切得比平时要大。

让她切菜真是难为她了，久太郎不禁想笑。这时，阿春也"啪啦啪啦"走过来了，手里拿着久太郎用的碗。

她一手拿碗一手拿勺，颤颤巍巍地盛了一碗热酱汤递上来。

"父亲，请喝汤。"

久太郎一直盯着那碗酱汤看着。

仅仅是看着。

见父亲不接，阿春感到很委屈，将碗放到了久太郎面前，然后回屋去了。

阿静目送着女儿的背影，抑制着心里的怒气朝默不作声的久太

郎埋怨道:

"孩子特地用心做的,你好歹尝一口嘛!"

说着去安慰阿春去了。

又只剩下久太郎一个人在那里。他慢慢端起碗,小心翼翼地喝了一小口。

"好烫!"

果然如所料,舌头被烫了一下,味道却没尝出来。

如今想来,当时要是直接说我是个猫舌头[1]就好了,不要在乎什么作为父亲的面子。就算是在乎,要是忍着点烫把汤喝掉……

久太郎用手摸着玉之丞的背,陷入了思考。

这样一点点积累的话,恐怕也不会变成现在这样的关系。他低头看了一眼玉之丞。

已经吃完甜喵棒的玉之丞朝他"喵"了一声,好像在说:"再给点儿吧。"

"稍等一下!"

久太郎起身准备做饭。平时给玉之丞吃的,都是做自己的饭时

---

[1] 猫舌头:指像猫一样不吃热食,怕烫的人。

"顺便"分一点给它。不过今天破例一回。

最近都没怎么好好吃饭，做精细一点吧……

今天是特地为玉之丞做饭。

这么一想，他自然就把蔬菜按照适合玉之丞吃的大小，切得比平时自己吃的小一些。用来浇饭的酱汤也少放了些酱，味道尽量弄淡些。

然后把米饭煮得软软的，再把切好的菜掺进去。

等到煮得差不多像粥一样，久太郎尝了尝味道。

"……不错！"

果然味道清淡，口感柔软易嚼，与猫见屋的猫咪饭有几分相似。久太郎充满了自信，往碗里盛的时候还给爱吃鱼的玉之丞加了一块鲣鱼干。

"好啦！"

久太郎把碗往玉之丞面前一放，玉之丞便迫不及待似的上前嗅了嗅。

不过很快它又面露难色，"喵呜"叫了一声。

原来碗里面还冒着热气。

"啊，对不起！你也是猫舌头啊。"

自己也很怕烫的久太郎端起碗"呼呼"地吹了起来。差不多凉了以后，他用手指抓起一小撮饭递过去，玉之丞灵巧地用舌头把饭舔进了嘴里。

粗糙的舌头把手指弄得痒痒的。

"这可是斑目特制猫咪饭。"

久太郎说着又抄起一小口饭给玉之丞。

就这样吃了几口后，玉之丞似乎有了食欲，开始直接从碗里吃了。久太郎看着吃得很香的玉之丞，小声问道：

"好吃么？"

虽然没有得到回音，但它那狼吞虎咽的样子就已经回答了。

还是蛮愉快的呢！

若菜大概也是因为有这样的感觉，才卖力工作的吧，久太郎想。

同时，他也为自己当初没能让阿春体会到这样的心情而感到后悔。

第二天，久太郎早早就出了门。

这次不是去那个藩邸，而是去采购糊伞用的材料去了。

在跑了很多店，采购了足够的材料后返回的途中，在猫见屋前碰到了阿七。

阿七正在洒水,见到久太郎背的东西立刻停了下来,疑惑地问道:

"你准备糊伞了么?"

"……算是吧。"

虽然回答得有些迟疑,但还是率直地说出了口,阿七不知为何感到一阵高兴。

"加油干哦!"

笑着目送久太郎远去。

那笑容是久太郎固执地坚持说要当武士时所没有见过的。

蔚蓝的天空下,久太郎边走边想:

也许不找武士的工作也很好。

只要有一颗武士的心,自己任何时候都是武士。

只要这一点不动摇就行了。如果能这样想,也许世界会更加宽广。

所需要的就是一点点决心。

比如说,把女儿做的热酱汤喝完,让她感到高兴。

不禁回想起,受伤幼童心,改日再煮味噌汤,一定喝干它。

幸福,一定还有其他的形式。

第 4 章

这屋子还能凑合着住。

这是久太郎曾经趴在榻榻米上看这房子时的感觉。虽然从人的角度看很狭小,但从猫的角度来看,感觉这屋子还蛮大的。

然而,这可能仅仅是因为里面空空如也而造成的感觉。开始了糊伞工作的久太郎现在明白了。

房间里拉了一条绳子,上面挂了好几把伞,都在等待着糨糊晾干。

被这些伞占据了大部分空间的久太郎坐在榻榻米上,正默默地往伞骨上糊着纸,看起来还挺享受。

曾经看不起，认为不是武士该干的糊伞的活儿，一旦干起来才知道半点马虎不得。从需要集中注意力这一点来看，还真与练习剑术颇有相通之处。除此之外，还更要有对美的感受和追求……

贴好最后一处伞纸后，久太郎稍稍退后一些仔细审视。他的眼光也越来越接近于严谨苛刻的手艺人了。

没想到这还真是一件适合于武士的工作呢。不过，主要还是因为本人禀赋过人。

久太郎对这把伞相当满意，把它和其他伞一样挂了起来。

然后又——看了一遍，满意地点了点头。

眼前无一不是久太郎的力作，天下无双的极品。

"嗯？"

突然所有的伞都晃了一下，然后"哗啦啦"落花般地全掉到地上了。哑然失色的久太郎转头一看，白猫正在晾伞绳的一头嬉戏。

"玉之丞！"

久太郎朝他一瞪，玉之丞立刻逃到壁橱里去了。至少在我收拾好之前都给我别出来！久太郎把壁橱门关上，又重新扫视了一下屋内。

有些伞纸已经脱落，肯定要重新做了。

久太郎气得手握拳头看了看壁橱，然而对方毕竟只是一只猫，对比自己弱小的东西动武是不好的，甚至可以说是可耻的行为。

我是武士，内心还是武士。

久太郎一边这样告诫自己，一边把工具收拾起来。

收拾完了后还是不消气，他想了一个办法，带了一捆稻草和木刀出去了。

正准备关门时，传来"喵呜"一声，好像是玉之丞打开壁橱门出来了。但他却当做没看见。

久太郎还是来到那座神社，找了一个僻静的角落。

他将那捆稻草吊在一处树枝下面，用木刀反复击打。

这是为了发泄一下工作中的愁闷。

流着汗挥舞木刀的样子，乍一看并没有什么问题，但大概是因为稻草是扎成猫的形状，看起来像是诅咒仪式，令人恐怖。

因为并不是真的诅咒，所以即便被人看到了也无所谓。问题是，义一走过来了。

"哎呀，看样子今天心情很不好？"

该怎么回答他呢？真是麻烦。

久太郎没有理睬，继续打那稻草束。他想在爱猫的老人发现稻草的形状之前能够破坏掉它。

看到久太郎仍然专心致志地挥舞木刀，义一说：

"我有一个消除烦躁的好办法哦。"

正好在这时，稻草上的猫耳朵部分被打坏了，久太郎这才收了手。

"什么？"

"养猫。"

就是因为猫才烦躁的！

久太郎继续挥起木刀，想要把猫脚打落。

这时，义一从他那破布袋子里面摸索着掏出一张纸来。

"今天我是来发这个的。加贺屋养的玉之丞不知被谁杀害了，现在正在寻找犯人。"

听到这话，久太郎停了下来。义一递过来的那张纸看都不用看，上面肯定写着"征集杀害玉之丞的犯人信息"。

一开始是立牌子，然后是贴告示，现在终于开始发通缉令了。

事情不妙！

久太郎感到对方的情报收集工作正变得越来越严密。义一像是

闲聊似的继续道:

"有传言说是与左卫门的仇人雇佣贫穷浪人干的。"

思路对头!

传言还真不可小觑呢,久太郎不敢多言,默默听着。

"像我们这些爱猫的人真是很难理解这样的行为啊。"

我们?

久太郎很疑惑。义一笑眯眯地看着久太郎,像是等待着他的赞同似的,又说了句:"是吧?"慎重起见,久太郎朝身后看了看,一个人也没有。

久太郎指着自己问道:

"……我?"

义一点了点头,把脸靠近久太郎说道:

"当然啦。爱猫的人,一看眼睛就知道了。你瞧,同样都是闪闪发光的吧?"

看义一那目光炯炯的样子,确实觉得与阿七和若菜,甚至是石渡有哪里相似。好像大家都是猫咪同盟的成员一样。

"……同样的眼神?"

久太郎皱了皱眉,不明白自己为什么也被包含进去了。

久太郎拿着义一给的通缉令，匆匆往回赶。

仅仅一只猫而已，竟弄出如此大动静。

刚才的烦闷早已烟消云散，现在担心的是不知道是不是已经有人去家里调查了。

"猫毕竟是猫哦！"

久太郎一边回想起阿七的话，一边打开了门。

原本收拾好的房间内一片狼藉，到处是散落的伞和纸。

莫非真的已经……？

环顾一下房间，没看到玉之丞的身影。

不过，有一把翻倒过来的伞正在奇怪地晃动着。

"……"

久太郎悄悄地走近，往伞里面一看，玉之丞在那玩得正起劲。

久太郎连发怒的力气都没有了，"啪"的一下子坐倒在那儿。

"包办一切和猫有关的事务。"

久太郎想起了猫见屋门口牌子上的这句话。这句话是否适用于为猫而烦恼的人呢？他阴沉着脸再次来到了猫见屋。

可能是因为接近中午，店里只有一位客人。就是这位客人也很快就走了，不知是不是被久太郎阴沉沉的脸给吓着了。

阿七遗憾地目送着那位客人离去，问久太郎道：

"今天是怎么了？"

久太郎没有作声，把鱼篓子递给了阿七。大概是从重量上已经判断出了是什么，阿七马上把篓子放到柜台上，把玉之丞抱了出来。

"小久，好久不见呀！"

一直弄错名字的阿七和玉之丞碰了碰额头。玉之丞也撒娇似的"喵呜"叫了一声。

久太郎在一旁冷冷地看着，嘟囔了一句：

"真痛苦！"

阿七用疑惑的眼神回看了他一下。久太郎朝玉之丞努了努嘴道：

"和它在一起。"

阿七像是试探久太郎的反应似的问道：

"你这话是认真的吗？"

久太郎当然是认真的。

在家里吧，玉之丞会妨碍工作；出去散散心吧，又常会碰上对"杀害玉之丞"的犯人的搜捕。生活已经完全被玉之丞打乱了，感觉自己被逼上了绝境。

久太郎正要说出自己的这些苦恼时,听见有人说了句"打扰了",接着便看见两个男人走进了店内。

原来是当时久太郎在看搜捕告示时跟他搭讪的那两个人。

"我是南町衙门的石渡。"

那个领头的说道。

果不其然!

久太郎认出来了,但他不动声色地沉默着。

按照佐吉所说,另一个应该就是对搜捕"杀害玉之丞"的犯人不太热心的下级捕快八五郎吧。

八五郎板着脸问阿七道:

"你是猫见屋的主人吗?"

"是的。"

阿七不知道他们要问什么,不安地点了点头。

石渡看看近旁的商品道:

"还真不知道江户城里有一家这样的店呢。"

也不知是不是因为觉得有趣,石渡的眼睛闪闪发亮。久太郎不自觉地想起了义一的眼神。阿七没有看石渡,冷冷地说道:

"一间小店而已。请问今天大驾光临有何要事？"

"包办和猫有关的一切事务啊……"

石渡盯着蹲在柜台上的玉之丞看。久太郎看到他的手动了动，像是想要摸一摸玉之丞。

八五郎从怀里掏出那张纸，问阿七道：

"加贺屋的玉之丞你知道吗？"

"玉之丞……"

久太郎心里一惊，不安地等待着阿七的回答。他感觉连谁家的猫生了小猫都一清二楚的阿七当然会知道。

阿七稍稍犹豫后答道："不巧，还真不知道。"

久太郎悄悄地舒了口气。偷偷看石渡一眼，他仍在盯着玉之丞，一副若有所思的样子。

而八五郎却一副轻慢的样子继续道：

"不是猫见屋么，怎么连这个都不知道？我们正在搜捕斩杀了这个玉之丞的犯人。"

"竟有这样的事啊。"

"有什么线索吗？比如传闻或者发生了什么类似的事件都行。"

"我们这儿来的全都是爱猫的人，杀猫什么的简直骇人听闻……"

平时活泼俏皮的阿七今天语气意外地沉着。像是故意装出来的，久太郎觉得。

阿七一把抱起了玉之丞，把身子转向一边。

石渡遗憾似的发出"啊"的一声，迅速转过脸去道：

"只要被我找到了可就不客气了。还从未有能够受得住本人的水刑的。"

难道要为这家伙而受水刑吗？

久太郎瞄了玉之丞一眼。玉之丞正自在地躺在阿七的臂弯中。石渡忽然又朝玉之丞看去。

"这只猫……"

"啊，这猫啊……它叫小雪！从小就养在这里，是本店的招牌美人儿呢。"

"抓不抓人？"

"嗯？"

"算了，没什么……你是何人？"

石渡又看了看久太郎。久太郎觉得在这里开口会有危险，正犹豫中，阿七答道：

"啊，这位是爱猫的武士大人。"

其实并没那么爱猫。

久太郎皱了皱眉头。

"呵，爱猫啊。倒是长着一副吓死猫的脸呢。"

八五郎的这句话使得久太郎的眉头皱得更深了。心里祈祷着他们别再关注这张脸了，而石渡却凑近了看了一下。

"我们是不是在哪儿见过？"

"没有。"

"是我记错了吗？"

石渡虽然不确定，却似乎发觉了点什么，一直盯着久太郎搜寻着。久太郎觉得要是避开他的目光反而露怯，也反瞪着他。

八五郎一副吃惊的口吻说：

"这种穷酸潦倒的浪人江户城里太多了。"

……就不能换个好听点儿的词么？

久太郎心想。

"算了。要是知道了什么情况请通知我们。"

石渡朝阿七丢下这句话后正要出门，又转身回来和蔼地摸了摸玉之丞的头，然后走了出去。

八五郎对石渡的行为感到不解,说了句"叨扰了",然后一脸疑惑地跟着出去了。

当店里再次只剩下两个人一只猫时,久太郎问阿七:

"为什么要袒护我?"

"我不是袒护你,而是为了它。这孩子黏你,我可不想让它落入那些人手里……况且,你也很努力地照顾它呢。"

听到这话,久太郎有些过意不去,把头低了下去。

来这里就是因为感到"和玉之丞在一起生活很痛苦"。就算是恭维之辞,也算不上是好主人。

"一定是有什么隐情吧?要不然送还给加贺屋?现在还不迟。"

阿七关切地问道,而久太郎却摇摇头。

"有人要取它的性命。"

久太郎又回想起佐吉的话:

"武士大人,请您务必帮忙斩除这猫妖!"

"这家伙要是化身出来,麻烦您再次斩了它!"

如果将本应死掉的玉之丞还回去,肯定会被当做猫妖的。

即便是骗他们说这个是另外一只白猫也不行,因为只要是猫佐吉都会讨厌的。

"不能还。"

久太郎感到有些愧疚地摸了摸玉之丞的头。具体是对谁愧疚，他自己也弄不清楚。是对有家不能回的玉之丞吗？还是对以为自己的爱猫被人杀害了的加贺屋的主人呢？

不管怎样，自己现在对玉之丞感到很棘手。

"我看这样吧……"

考虑良久的阿七提出了一个解决方案。

走出店外的八五郎小跑着朝石渡追去。

自从开始调查这起事件，他就一直有一个疑惑。

感觉石渡这次态度不一样，比调查杀人事件还要严厉。

是不是过于投入了？

而且，刚才在猫见屋的行为也令人不解。原以为他对商品感兴趣，却奇怪地盯着猫看，显得心神不宁，最后还摸了一下猫才走。

我刚才说那穷酸浪人"一副吓死猫的脸"，其实他也不相上下呢……

八五郎一边思索着一边追上了石渡，好奇地问道：

"你喜欢猫？"

话音未落，石渡突然停下来道：

"埋伏起来！"

"哎？"

"那只猫不太像是店主人的。如果真是从小就在店里应该会更……"

也许是因为一时找不到合适的词，石渡有些急躁，一脸严肃。

八五郎不由得后退一步。

他还在想着那只猫？

八五郎正疑惑，石渡异常严肃地继续道：

"总之，刚才那个浪人很可疑。有没有看到他带着一个鱼篓子？那很可能是用来提猫的，为了不让人看到。如果他提着猫回去就说明有重大嫌疑。"

"那猫是白的呀。"[1]

八五郎刚说出口就被石渡瞪了一眼。八五郎从小就被母亲教导说"你要知道察言观色"，可到如今仍然不会。可能是父亲的一句"你小子胆量还是可以的"，反而让他更加不在乎了。结果就是，养成了"如果惹人不高兴了就先道歉"的习惯。所以，他顺口就说

---

[1] 日语中"黑色"有代表嫌疑的意思，而八五郎理解成颜色了。

了句"对不起"。

石渡无奈地咂了下嘴说：

"根据加贺屋主人的描述，玉之丞是一只出生后八个月大的浑身全白的美猫。说是死了，但并没有发现尸体。我认为玉之丞有可能仍然还活着……与其说可能，不如说更希望是如此。那么，你觉得我们目前为止所见过的白猫当中，年龄吻合又最好看的是哪个？"

"哎呀，我对猫什么的还真分不清。"

八五郎照直回答道。哪怕是稍微思考一会儿后再答也好，实在令人失望。

"蠢货！"

石渡气得大骂。然后又继续道：

"刚才那个小雪就很出挑！"

小雪？！

八五郎被各种意外给震住了。他对石渡称呼那只猫时加上"小"而感到吃惊，更对他能分清楚迄今为止见过的所有猫而感到震惊。

"就算是怀疑那个小雪就是玉之丞也不过分。能在这里碰上也是某种缘分。不能让那个浪人就这样回去……看！出来了。"

石渡一脸坏笑地朝着刚从店里出来的久太郎走去。八五郎当然也跟着去了。

"可以看看这里面吗?"

石渡指着久太郎的鱼篓子说。久太郎爽快地递了过去。

八五郎接下篓子检查了一番。

里面除了一股小龙虾的腥味什么也没有。

"空的。"

听八五郎这么一说,石渡又咂了一下舌头,用眼神示意他把篓子还回去。八五郎将鱼篓子还给了久太郎。石渡冷道:

"滚吧!"

久太郎便抱着篓子走了。转过附近一个拐角,很快就不见了。

八五郎忽然觉得之前什么时候也有过类似的情景。正想着,发现石渡已经朝相反方向走了,于是赶紧追上去。这时,石渡问道:

"对了,你刚才准备要说什么?"

刚才确实是准备问他,不过现在觉得答案早就知道了,所以八五郎觉得不用再问了。

"不,没什么……嗯?"

因为听到响声,八五郎回头一看,猫见屋的女主人正抱着什么东西出来了。

女主人和久太郎一样在转过那个拐角后不见了。

"怎么啦？"

石渡似乎没有看到，便问他。八五郎预感到要是把这个告诉他，今天的差事一时半会儿就结束不了了。于是回道：

"没事。"

他想着早点回家陪爱犬散散步。

"我看这样吧。你先带着空篓子出去，那两个捕快很可能在外面潜伏着。小久，哦不，小玉过会儿由我带着去追上你。"

根据阿七的提议，久太郎躲过了捕快，然后和带着玉之丞的阿七会合，一起来到了一处寺院。

时值傍晚时分。

天空和往常一样被夕阳染成了橙色，再加上寺院清寂的气氛，久太郎忽然生出一股悲凉之情。

"这里的住持经常收留一些无家可归的猫儿。你在这里等一下。"

阿七说着熟门熟路地朝寺院里走去。

周围时不时地传来"喵呜""喵呜"的猫叫声，久太郎感觉到它们在朝这边窥视。看一下手里的鱼篓子，玉之丞也探出头来正朝外看。眼神表现出了少有的警觉。

不知为何，感觉比上次把玉之丞丢在神社时心情更加沉重。

"我们去正殿等着。"

阿七在前面带路，久太郎跟在后面。

正殿非常安静。

感觉比从外面看要更大，而且打扫得很干净。地板上放着三块坐垫，于是久太郎和阿七就坐在那里等着。

阿七把玉之丞从鱼篓里抱出来，有些不舍地抚摸着它。

玉之丞一动不动，神色有些不安。

久太郎故意避开它的眼神似的朝旁边看去。拉门上的破洞让久太郎有一种熟悉感，仔细看的话，还能看到门柱上的抓痕。

"不好意思，久等了！"

住持边说着边走过来，照直朝阿七那边看去。

"哇哦，来了位非凡的美人儿呢！"

住持语气夸张地说道。阿七听了，半羞半喜地回道："哎？哪有哪有！"而住持却把手伸向了阿七怀里的玉之丞，摸着它的头连说："不错！不错！"

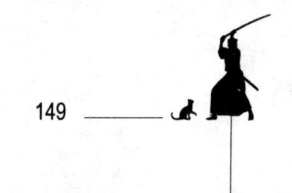

阿七傻了眼，只好给自己打圆场道：

"啊，你是说这猫吧。我就知道嘛。"

真是丢人……

阿七知道被久太郎看出来了，连忙清一清嗓子进入正题道：

"这只猫能寄养在贵寺吗？它叫玉之丞，有人要杀它，现在无家可归。我想了很久，只有您这儿是最安全的。"

"这么突然地交给我，我也很难办啊……不过，既然猫见屋的老板娘都说到这个份上了，想必也有你的无奈之处。"

"实在不好意思！"

阿七连忙低头鞠躬。

真的要分别了。

从阿七的动作中，久太郎真切地感受到了这次是真的要把玉之丞交出去了。

就这样，寻找一个接着照顾它的人，拜托给他。

这是作为前主人（即便是临时的）的责任，也是义务。

而且，也是对于因人的原因而被迫变换生活场所的动物的"诚意"。

"喂，你也说点什么啊！"

"确有隐情。"

被阿七一催,久太郎急得冒出这么一句话。心里的感受与说出来的话对不上,显得很笨拙。自己很久没有真正去拜托过别人,所以连拜托的话都不会说了。

被阿七敲了一下肩膀,这才俯身说了句:"拜托了!"

住持小心地从阿七手里抱起了玉之丞。玉之丞警觉地朝他身上嗅了嗅。住持摸摸它的头说:"别怕!别怕!"

看到这情形,久太郎终于心安地舒了口气。

而就在这时,突然感到身上一阵疼痛,转头一看,原来是被一个小石块击中了。

"喂!干吗要丢弃这只猫!"

只见一个男孩叉着腿站在门外,高声喊道。

"照松!住手!"

住持厉声斥责道。少年喊了声"浑蛋!"转身跑了。

"真是太失礼了,抱歉!"

住持连忙赔礼。阿七问:

"那孩子是?"

"他叫照松,是寺院收留的……这孩子太淘气,我都拿他没办

法。"

久太郎默默地揉了揉被石头砸中的地方。疼倒并不是那么疼，但是对于"被石头砸中"这件事情本身感到很意外。

不一会儿，照松又回来了，大叫一声"浑蛋"，扔了个石子后跑掉了。

久太郎看着他的身影，感觉和做恶作剧被训后逃到壁橱里的玉之丞有些相似。

"照松！不好意思，失陪一下。"

住持站起来，朝照松追去。远远地听到他喊道：

"你给我回去赔礼道歉！"

坐在旁边的阿七小声告诉久太郎：

"这间寺院被称作'仁慈'寺。不光是猫咪，据说还收养被父母丢弃的婴儿。刚才那个男孩大概就是。"

久太郎看着刚才扔过来的石子，已经分不清到底是哪里疼了。

把玉之丞寄存到寺院，又和阿七分别后，久太郎一个人走在河堤上。

眼看着太阳就要落山，夜越来越近了。

不知道是因为急着回家还是心理作用，感觉周围的人都是行色匆匆。

"欢迎光临！卖甜喵棒喽，吃一次永远难忘！美味可口喵！"

若菜正在卖力地叫卖，试图让那些人停下脚步。

她依然戴着猫耳形状的发饰，看来已经成为固定装扮了。

"啊，来得正好！买一个吧，也可以当晚饭吃的！"

若菜看到了久太郎，撒娇似的说道。

"不知道为什么，今天一个都卖不出去，真是愁死了！你看，长得多可爱啊。"

喵！她两手拿着甜喵棒，扮了个招财猫的姿势。看来"可爱"不是指甜喵棒的形状，明明是在说她自己吧。

哪有自己这样说的！

心里虽这样想，目光还是比较温和。若菜见状，继续央求道："求你了，买一个喵！"

这种爽朗得近似强制的性格，竟让久太郎生出几分羡慕。

久太郎勉强地掏出了钱包问道：

"怎么卖？"

"哇，太好了！四文钱一个！"

久太郎拿出了钱，同时接过了若菜手里的甜喵棒。满面笑容地数着钱的若菜忽然表情僵硬了。

"怎么了？"

久太郎问。

"……发生什么事了吗？"

若菜小声问道。久太郎无言以答，默默地朝长屋方向走去。若菜也没再说什么。

右手的甜喵棒温温的，而左手的鱼篓子却是轻飘飘的。

久太郎一路没再和任何人说话，回到长屋后立刻就把门关起来了。

玉之丞不在了，屋里当然也不会被弄乱，依然和出门时一模一样。

久太郎随便找个地方坐了下来，开始啃甜喵棒。已经有点凉了。

这还是它喜欢吃的呢。

一抬眼看到了有两次修补痕迹的拉门。不过第二次是因为自己。

久太郎突然回过神似的大口把甜喵棒吃完，然后拿起了木刀。

我是个只为剑道而活的人！

他一边想着一边挥舞起木刀，狠狠地砍了下去。

隔了一天，久太郎早早就出了门。

幸福，一定还有其他的形式——虽然他现在这样认为，不过，有没有能够选择幸福的技巧又是另一个问题。他再次来到了那座藩邸。

街上还没有一个人。

他用力踩了一下门前的沙地，用拳头开始叩门。他想起茂平之前说过的话：

"像你这样脏兮兮的浪人，带进去我会挨骂的！"

"请你不要再来为难我了！"

心里知道给别人带来了很大的困扰，所以今天换了求见对象的名字喊道：

"有人吗？今天请务必让我见到内藤勘兵卫大人！"

没想到门里面比以往更迅速地传来了"啪踏啪踏"的走路声，只见茂平匆匆打开门，冲着久太郎连环炮似的吼道：

"内藤大人今天也不在家！明天后天大后天都不在家！"

见对方这态度，久太郎默默地把刀连同刀鞘一起从腰间解了下来。

然后把刀立在地上，双脚叉开，两手搭在刀柄上。接着对视着茂平的眼睛，认真地说道：

"见不到他我就一直在这等着。"

久太郎早有持久战的心理准备。

茂平气得张着嘴巴"呼哧呼哧"地喘着气，说不出话来。最后丢下一句：

"那就请你自便！"

然后回去了。久太郎就一直等着。

阳光由早晨时的清爽逐渐变得火辣辣的，令人心焦。

原本冷清的街道上，行人也逐渐变多了。

知了开始鼓噪，不知从哪里飘来了饭香。

一只大黄猫从眼前穿过。

太阳西斜，夜蝉开始鸣叫，有些凄凉。

风也凉了下来，天空铺满了晚霞。

终于，侧门开了，内藤走了出来。

"醒醒吧！无论等到什么时候都是没用的！"

"你不是说跟上面的人通报一下吗？"

"那只是打发你回去的借口。"

你知道你的一个借口弄得我一会儿喜一会儿忧吗？

久太郎死死地盯着内藤。

从一旁看来，真是一幅奇妙的场景。

衣衫寒酸的浪人威风凛凛地瞪着前面的人，而被瞪的那个仪表堂堂的武士却抱歉地俯着身子。

产生这样的差别的决定性因素，是有没有此刻站在这里的"心理准备"。

久太郎从昨天就一直在思考，下定了决心才来的。而内藤是因为久太郎的坚持，没办法才出来的。胜败在这一刻就已经决出。

内藤无奈地说：

"如今是太平盛世，你要去砍谁呢？现在没有哪个藩是光看剑术来雇人的。"

他的神情已经完全不是曾经要和自己一较高低的那人了。

"你变了。"

久太郎遗憾地说道，好像是失去了一位旧知故友。

"是时代变了。"

内藤答道，然后便走回侧门里面。

"啪"的一声，门关上了。久太郎想，今天恐怕不会再开了，

于是决定回去。

走在昏暗的街道上,久太郎开始思考武士到底是什么?

从事一份正经的职业,堂堂正正地做一名武士一直是自己的梦想。

然而,为了工作而改变原来的自我却不是自己的本意。

难道是我太固执?

回到长屋后,久太郎瞧了一下隔壁,好像没有人。若菜大概还在外面哪里正拉着她的货摊吧。

久太郎叹了一口气,进了自己的屋子。

昏暗的房间里,灯也不点,晚饭也懒得做,直接铺开被子躺下了。

由于站了一天,脚上的酸胀开始扩散开来,而脑子是清醒的。

他慢慢将壁橱打开,里面当然没有玉之丞的影子,只有一片虚空的黑暗。

久太郎突然怀念起"家人"来。

而玉之丞、妻子、女儿,全都是自己亲手丢下的。

内藤是因为时代而变成这样,而我……是因为没有地方。

久太郎往被褥上一躺,仰面朝上盯着房梁。

那件事情来得并非突然。私下里已经得到了通知，况且造成这种局面的原因也在自己，已经做好了心理准备。

唯一的问题是"和家人难以开口"。

对于阿静来说，一定是感到很突然吧。

信是那天傍晚收到的，阿静看到后非常惊讶。但她为了不让年幼的女儿知道，并没有表现出来，只是用微微颤抖的声音跟久太郎说："晚上有事情跟你说。"

时间静静流逝，和平常一样。

三个人吃过晚饭后，阿静去另一个房间哄女儿睡觉。

久太郎表情凝重地等着阿静的归来。自己也搞不清是希望她快点儿来呢，还是慢点儿来呢？心情很复杂。

"今天府里来了通知。"

阿静坐到久太郎对面，递给他一张纸，上书：

斑目久太郎阁下：从今日起，解除你的加贺藩剑术指导职务。

眼前白纸黑字，已是不可动摇的事实。

"到底发生了什么事？"

阿静只是正常询问的语气，但在久太郎听来像是在被责备，一句话也说不出来。当然，他要是觉得能说出口早就坦诚说了。

"你为什么什么都不告诉我呢？"

告诉你会让你失望。

现在，自己的悲惨状况已经暴露了。

这是久太郎最最害怕的事情。

所以，他只说了句"今后"的打算。

"我准备去江户。"

"江户？"

面对阿静的回问，久太郎只是点了点头，不敢直视她的眼睛。两手握拳放在跪坐的膝盖上，微微颤动着。阿静略加思考后问道：

"不准备带我和孩子去吗？"

"暂时要住在狭小的长屋里。"

"你是说不想让我们看到你狼狈的样子吗？可我们不是一家人吗？"

久太郎慢慢地抬起头，看到阿静的眼里很少见地噙满了泪水。

"自从和你在一起开始我就做好了心理准备。不管发生什么事，我都会相信你，不会离开你……但是，现在我已经没有信心继续相信你了。"

面对悲伤失望的阿静，久太郎早有预料似的，无动于衷。

失去了工作的久太郎，现在连自己也不相信自己了。

所以他才想要一个人去江户。

阿静像是知道久太郎的想法似的，继续道：

"无论何时，都能够同甘共苦，这不才是家人吗？"

久太郎无力地摇了摇头。

他认为有些状况，正因为是家人所以才不想让他们见到，想自己一个人默默地努力。

如今想来，那不过是自己的任性的想法。

久太郎躺在单薄的被褥上，翻了个身。

我曾经在一个必须要保护"家人"的地方。

那只是像一个枷锁一般，并不认为有什么特别的意义。

而阿静却愿意支持这样的久太郎。

但现在她已经说不出口那样的话。

我总是那样缺乏决心，笨拙，反应迟钝。

如果这就是我的本性，那我实在是很讨厌这样的自己。

他又翻了个身，看到了开着门的壁橱。

连那只白猫——住进这长屋后新添的家人也不在了。

是自己亲手把它送进了寺院，只因为不想再被人追查。

"无论何时，都能够同甘共苦，这不才是家人吗？"

阿静的话又在耳边响起。

还能来得及吗？

首先从像家人一样对待那只猫开始吧。

久太郎下定决定似的，拿起刀向门外冲去。他并没有意识到这就是具有自己个性的举动，在夜色中匆匆向前赶去。

久太郎一直以来总是遇上解不开的缘分。只要看到有人遭遇险境，他总会拔刀相助。比如对义一是如此，对若菜是如此，对玉之丞也是如此。

总之，他无法做到坐视不管。这种善心是久太郎的弱点，也是他的强处。

再也不要逃避了！

月亮也追赶着似的，一直照耀在久太郎的头顶。街上所有的店铺都是关着的，没有一个人影，整座街道也像睡着了似的安静。久太郎不想吵醒它，径直向目的地赶去。

忽然，他在那块牌子前停下了脚步。

告示：征集杀害玉之丞的凶手信息。

久太郎正对着这块石渡他们立起的告示牌，毫不犹豫地挥刀砍了下去。

随即收起刀，继续向前。

这是久太郎那稍显笨拙的决心的体现。

接下来，他一口气跑到了白天来过的那座寺院。

他喘了喘气，抬头一看，一个小小的人影正朝这边走来。是照松！抱在他怀里的玉之丞蜷着尾巴，默默地看着久太郎。

"就知道你一定会来的。这家伙一直什么都不愿意吃。"

照松一脸落寞地把玉之丞交还给了久太郎。久太郎双手抱住它，玉之丞的喉咙里发出"咕噜咕噜"的声音。

"看来它还是觉得武士先生那里舒服……幸亏过来接你了啊。"

照松有些不舍地摸摸玉之丞的头说道。玉之丞舒服地眯着眼睛。可以看出来，虽然时间很短，但照松很喜欢玉之丞，而玉之丞也绝不讨厌照松。

这时听到"咯吱咯吱"的声音，只见住持也缓步向这边走来。

"人真是不可貌相啊。有人外表凶恶，内心还是很重情义的。"

要你管！

久太郎皱了皱眉头。而住持全然没有在意，狠狠地拍拍他的背说:"你回来得正好!"

双手抱着猫的久太郎身子不由得向前一倾,小声说了句:"疼!"

这一倾使得久太郎的脸朝玉之丞靠近了一下,玉之丞不知道是不是因此而高兴,温柔地"喵呜"叫了一声。

虽然分开的时间还很短,但久太郎听到这一声叫,心里一下子感到踏实了。

"你这家伙真够幸福啊!"

住持说道。久太郎看了一眼玉之丞,心想:可不是嘛。

不管怎么说,它还是选择回到我身边啊。

正感到心里暖暖的,住持征求同意似的朝玉之丞问道:"是吧?"

感觉刚才那话是对玉之丞说的。

是说猫啊……丢丑了。

看来没有资格笑话阿七了,久太郎把脸背了过去。幸好现在是晚上。

月光下,住持拉着照松的手说:

"互相已经离不开了吧。缘分真是不可思议的东西,一旦结下了缘，就很难轻易断开。人是这样，猫也是这样。剩下就是试着一起走到最后了。不过，这是件幸福的事。"

"一起好好相处哦！"

说完，住持和照松目送着久太郎和玉之丞离去。

因为没有带篓子来，久太郎决定就直接抱着它回去。

你在时惹我心烦，不在时心又不安。再见吧！不再以孤独寂寞为伴。

见四周没人，他将玉之丞稍稍抱紧了些。

"喵呜！"

"疼！"

玉之丞可能感到难受，挠了久太郎一爪子。

清早，八五郎和石渡一起出来巡查。发现前面有人聚集，便走过去一看，前几天立起来的牌子已经被人拦腰斩断。

"谁这么过分！真是的……好不容易做好的。"

八五郎边抱怨着边捡起来一看，发现刀口整齐，看来是高手所为，而且下手非常之狠。

"这是公开宣战么？……有好戏看了。"

石渡像是想起了谁似的，冷冷地笑了一下。

八五郎马上有了不妙的预感。

有什么好戏嘛，还得重新来做。

"小八，你重新做一个！"

石渡命令道。

看吧，果不其然！八五郎一下子泄了气。

看来做东西也挺有意思的呢！

久太郎"啪嗒"粘好最后一幅伞纸，满意地点了点头。又做好了一把。

他把伞撑开检查一下有没有漏光的地方，然后将撑开的伞放到房间的一角。在糨糊晾干之前千万不可大意。

上次因为挂在绳子上晾，被玉之丞全给弄坏了，所以现在不那样弄了。

要是一开始就这样放就不会掉下来了……这一把好像已经干了？

他举起之前晾的一把伞看一看，确认一遍。

很好，一处破损的地方都没有——不过，里面好像有肉球形状的脚掌印。

惊愕不已的久太郎连忙搜寻罪魁祸首，只见玉之丞蜷缩在篓子里。

莫非？！

久太郎有一种不祥的预感，连忙去看其他的伞。第二把、第三把、第四把，全都有圆圆的脚掌印。

他竟然忘记了放在地板上猫也是可以触碰到的。

"玉之丞！"

久太郎狠狠瞪了它一眼，可对方看都没朝这边看一下。没办法，只好拿来湿毛巾帮它把脚掌擦一擦，防止它继续祸害。

玉之丞虽然是醒着的，但是懒洋洋地不想从篓子里出来，不太配合。

久太郎一个一个地帮它擦干净小小的脚掌，忽然分不清谁是这屋里的主人了。

咦？……还肉乎乎的呢。

那小肉球摸起来还挺舒服的，久太郎的怒气也消了大半。这样下去我倒成了佣人了，久太郎有些不甘，把玉之丞连篓子一起端起来送到壁橱里去了。

久太郎用力关上壁橱的门，像是在说："这才是你的地盘！"看着那些不得不重新做的伞，久太郎沮丧地叹了口气，心想，俗话不是说猫会报恩吗？

背后，壁橱里响起了抓挠的声音，是玉之丞想要出来。

佐吉推开了房间的拉门，给主人送来了一条湿毛巾。

自从上次的事情以后，与左卫门就一直卧床不起。

与左卫门像是被什么给魇了，佐吉把毛巾敷在他的额头上，正准备把他叫醒，与左卫门突然惊叫着从床上跳起来。

"怎、怎么了，老爷？"

佐吉吓了一跳，不断摸着胸口。与左卫门抓起额头上的毛巾边擦冷汗边嘟哝道："我做梦了。"

佐吉遗憾地看着被拿来擦汗的毛巾，没精打采地应了一句："噢。"

与左卫门没在意到这些，用奇怪的声音继续道：

"我梦到玉之丞了……它哭着朝我喊：'救救我！'"

佐吉想到的是已经被斩杀的玉之丞，脑子里还浮现出了罐子里已经风干的尸骨的情形，不觉脱口而出：

"感觉有些恐怖。"

与左卫门紧紧揪住佐吉的衣襟，勒住他的脖子喊道：

"你居然说恐怖！"

"啊，好难受！"

"佐吉！你快去那个世界，给我把玉之丞救出来！"

为了死去的猫我也要去死吗？！

佐吉用力挣扎着，把与左卫门的手往外掰。

"放手啊！这只是个梦而已！"

"玉之丞一直在哭泣。啊！真可怜，真可怜。"

与左卫门说着，瘫坐在被子上。佐吉赶紧理一理衣服，装作若无其事地问道：

"它为什么哭呢？"

"它好像被关在一个黑暗狭小的地方，比如说瓦罐之类的。"

佐吉听了后吓得打了个哆嗦。

"……瓦罐？"

他能想到的唯有那一样东西。

"老、老爷，我可以出去一下吗？"

"……你要把我丢下不管吗？"

面对那张充满不知是不安还是不满的脸，佐吉一时语塞。

又不能直接告诉他去哪里。

佐吉绞尽脑汁想了个理由。

"啊，是啊，老爷您受了惊吓，应该吃一些补充精力的东西，好恢复体力。我去买点烤蝾螺什么的……"

佐吉紧张得语无伦次。

"那不急，到临近中午时去就行了。"

"……也是啊。"

佐吉无奈地被主人打发回去干活了。

佐吉心神不宁地终于等到主人的准许，箭一样地冲出了家门。

目的地当然是那个放猫壶的神社。他边走边注意着周围有没有人，悄悄地来到了小祠堂。

"……啊？不见了！"

发现猫壶不在原来的地方，连忙慌慌张张寻找，原来倒在了旁边的草丛中。

佐吉终于松了口气,小心翼翼地踮着脚向前靠近。

战战兢兢地走近后,把猫壶扶了起来,双手合拢行礼道:

"玉之丞,你可不能再出现在老爷的梦里了啊。你已经死了,求你快点上天成佛吧!"

说着还从怀里拿出一张写有"成佛"的纸条,恭恭敬敬地贴在了"恶灵退散"的条子旁边。

为了防止滚倒,佐吉把猫壶放在了比上次更里面的地方。

然后又后退几步,再次确认看不见后才匆匆回头往鱼店赶去。

封条是自己写的,或许没有效果,不过至少字写得比上次那个流畅,还请你谅解!

佐吉在心里再一次合掌祈求道,虽然他并不知道"恶灵退散"的条子也是久太郎自己写的。

久太郎开始了重新糊伞的工作,任凭玉之丞把壁橱抓得刺啦刺啦响。说好的交货期马上就要到了,可现在却还在返工,久太郎感到很心烦。

就在这时,玉之丞催促似的"喵呜"叫了一声。久太郎终于忍不住,打开了壁橱门,一把揪住玉之丞的脖子大喊一声:"别吵了!"

然后又把它往里面推了推，关上了门。

玉之丞因为门开了一次，可能以为主人要放它出来，兴奋得"喵呜喵呜"不断地叫起来。

"跟你说了不要吵！"

久太郎厉声喊道。就在这时，听到门口传来了推门声。看到拉门外有一个人影，背后似乎还驮着一个四方形的什么东西。看那样子像是背着货架的药贩子五郎。

久太郎没有作声，默默地等着，心想，反正他每次都是不打招呼自己进来。

可是，五郎今天却迟迟没有进门，像是在顾虑什么。

为什么明明可以进来却不进来了呢？

久太郎一直朝门口看着，就在这时传来了说话声。

"啊，您又来江户了？"

"若菜姑娘！"

"您来找武士先生吗？"

"嗯。不过，他好像心情不大好……"

没等五郎说完，若菜便上前敲门，说："没事没事，放心。"

久太郎本来准备出来看看的，可听到若菜这么一说，反而不想出来了。见没有动静，若菜的敲门声越来越大，边敲边大声喊：

"武士先生！武士先生！"

那声音比玉之丞的叫声还要令人心烦得多。

茂平当时是不是就是这种感受呢？

久太郎被烦得没有办法，慢慢站起身准备开门。

"要不我改天再来吧。"

只听五郎说道。久太郎觉得他要是回去了，自己这会儿算是白忍了，于是急忙打开了门。两人的目光碰上后，五郎不知为何猫着腰直往后躲。若菜见状，连忙把他往久太郎那儿推，满脸天真地笑着说："看，五郎先生来啦！"

无处可躲的五郎只好硬着头皮露出僵硬的笑容说道：

"好、好久不见！"

然后战战兢兢地把抱在腋下的东西递过去：

"你夫人不收这个。"

是那只比玉之丞跟随久太郎时间更长的陶瓷的白猫。从摇晃的声音听来，里面的钱似乎还在。五郎一脸歉意地继续道：

"我也以为她会很高兴的，可是当我说这里面装着钱时，她只说了句'请你还给他'，然后就沉默不语。"

"那你再去送一次！"

久太郎语气强硬地说道，五郎遗憾地摇摇头道：

"我后来也去送过好几次，可她就是固执不收啊。"

"你不是说过一定帮忙送到的吗？"

久太郎眼睛一瞪，把招财猫推了回去。

"真是左右为难，这让我该怎么办啊！好伤脑筋啊！"

五郎拉长了语调，尖着嗓门叹道。正准备退下时，发现后面站着若菜，动弹不得。

若菜忽然瞅瞅久太郎的脸道：

"莫非你只送了钱回去？"

一语击中要害。

只送钱不行吗？又没时间做别的。

在这之前连钱都没寄。久太郎本想着，这次把储钱罐送回去是想要告诉她，现在有余钱寄回去了，至少能给她贴补点生活。

自己也清楚，说没有时间只是借口，因为五郎很早之前就说让他写信。

可是，因为觉得现在还一事无成，没有什么能够写进信里的事情，所以不想写。

见久太郎不吭声,若菜大大地叹了口气,好像故意让他听见。

久太郎一气之下"哐当"一声把门关上了。被一个比自己小得多的小姑娘数落,他觉得很没面子。

"真是个木头疙瘩!"

若菜的脚步声却越来越远,唯独这句话穿过门扉清晰地传了进来。

"若、若菜姑娘!"

听到五郎追了过去,然后外面便没了声响。

终于安静下来了,松口气的同时心里也感到了失落。

阿静没有收下钱,这是他没有想到的。

久太郎打开了柜子的抽屉,看着母女二人寄来的信。

自己虽然收到了这么多信,但因为都没有打开看,其实也和没有收一样。

真不愧是夫妻啊……

他又回想起阿静那天说过的话:

"但是现在我已经没有信心再相信你了。"

她要是仍然把我们当做夫妻就行了。

他想。刚把抽屉关上,又听见玉之丞在壁橱里叫起来。

"反省还不够,给我老老实实地再待一会儿!"

说完,忽然又转念一想,真正反省不足的到底是谁呢?

久太郎自虐似的笑了笑,拿起木刀来到后院开始练起来,像是要挥去心中的阴霾似的。

若菜很清楚,自己的负面情绪不会持续太久。这并不是因为自己是一个忽冷忽热情绪变化快的人,而是因为觉得为此而花费时间和精力没有意义。

因此,她对久太郎的怒气也很快就消散了,快步向自己的货摊走去。

她觉得与其在那儿闷闷不乐,还不如出去卖会儿东西有意义得多。

可是,五郎却不同,他追上来无奈地跟若菜说道:

"这可怎么办呀?这么多钱也不方便带在身上啊。"

五郎也是出于好意才帮忙带钱的啊。

若菜对他感到同情,于是提议道:

"那,要不暂且放在我这?我一定会找机会送还给武士先生。"

五郎一听,马上欢喜道:"那可帮了大忙了!"正欲把招财猫交给若菜，却又突然收了回去。

"怎么了？"

若菜问。五郎怀疑地小声道：

"你可不能自己私吞了哦！"

听了这话，若菜也生气地绷起了脸。

"真过分！我怎么会干那种事！"

"那我就相信你了。"

五郎笑着把招财猫交给了若菜。

"不过……"他回头看了看，像是在看大门紧闭的久太郎的屋子。

"这个人真是让人头疼啊。都做了这么长时间的浪人了，干吗不回到夫人那里去呢？"

若菜听了后，感到刚才郁闷的心情又回来了。那感觉伴着自己心头原有的一点阴影，慢慢地放大。

"……是啊，明明有地方可以回去。"

说完后，若菜忽然察觉到了什么。

原来是这样啊。并不是不会持续，而是不值得让它持续。

自己虽然还不能忘怀过去，但是其他的所有事情都能够一笑了

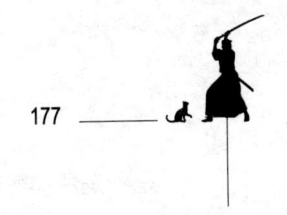

之。

所以，在别人看来很开朗。

唯独，那一件事。

久太郎继续挥舞木刀，直到感觉肚子饿了才停下来准备午饭，给玉之丞也准备了一份。

"你有没有好好反省？"

久太郎把壁橱门拉开。玉之丞蹲在篓子里，背朝着他，一动不动。久太郎说了句："该吃饭了。"左手端着木碗，右手在上面扇了扇，想让玉之丞闻闻味道。

你这家伙弄坏了我所有的伞，要是武士的话早该切腹谢罪了。不过，我也不是那种硬心肠的人，饭还是要让你吃的。所以，你也要知恩图报……

见玉之丞没有反应，久太郎将篓子转了一下，让它的脸朝向自己，把饭碗放到它的鼻子底下。玉之丞是醒着的，但只是看了一眼面前的食物，然后又蜷缩了起来。

"怎么了？"

摸了它一下也没什么反应，感觉像是精神不振。

是不是惩罚得重了些?

久太郎有些担心,抚摸一下它的背部,没想到玉之丞呕了一下。

"喂,没事吧?"

看来情况很严重……

久太郎慌了,但还是比平时更小心翼翼地把玉之丞放进鱼篓子里,走出了门。

虽然心情很焦急,但是怕走急了鱼篓子晃起来玉之丞会更加不舒服,所以久太郎抓紧了鱼篓子,姿势生硬地快步走着。他以为这样就慢了些,实际上和平时的走法是一样快的。

走了一会儿,他突然停住了脚步。

昨天晚上被他砍断的告示牌又重新立了起来,而且柱子比之前的粗得多!

那告示牌看起来很结实,像是在和路人说:"这回不会被砍断了吧!""再也不想重新做了!"

修复得还真快啊,看来对方是动真格的了……不过,修复的人肯定费了不少力气吧。

光是把材料运过来就相当重呢。他一边同情着对方,一边往前赶。

不一会儿,他来到了猫见屋。现在对这里已经很熟悉,不用看招牌就知道在哪儿了。

走进店内,有两名客人在前,久太郎焦急地等着。

他不时朝鱼篓里看一看,发现玉之丞和来的时候没什么变化,心里既感到放心又感到不安。

终于轮到了自己,久太郎把玉之丞抱出来放到台子上让阿七看。

阿七检查了一下玉之丞的鼻子,翻开眼皮看了看,又问了久太郎几个问题,然后说:

"可能是因为把它送到寺里又抱回来,折腾得疲惫了。"

"怎么会?"

"猫咪也是很敏感的,不好好照顾可不行。特别是小玉,一直是在室内饲养的,而寺庙完全是个陌生的地方,它一定很紧张。"

没看出来它有那么敏感啊……

久太郎有些歉疚,又问:

"它想吐也是这个原因吗?"

阿七摇摇头说:

"那只是想把毛球吐出来。"

"……原来如此。"

久太郎显得有些失望。没有什么严重的病是好事，但又觉得刚才白担心了。

而阿七这时拿来了一片细细长长的叶子放到玉之丞面前。

玉之丞津津有味地吃了起来。

"那是什么？"

"这个俗称猫草。猫咪没事是不是喜欢舔自己的身体？不过它的舌头是粗糙的，容易把毛带进嘴里。这种草能够帮助它把毛带出来。"

久太郎想起了第一次做特制斑目猫咪饭那天，自己用手指头把饭送到猫的嘴里，确实感到它的舌头沙沙的，弄得指头痒痒的。

看到久太郎沉思的样子，阿七怕他误会，小声告诉他道：

"这东西是从外面摘回来的，不收你钱的，不用担心。"

"……是吗？"

这么说，在她看来，自己是多么缺钱啊！久太郎心情有些复杂。不过也确实没有钱，他也就干脆地点了点头。

玉之丞继续在吃猫草，像是变成了草食动物。阿七边抚摸着它的背边说：

"看这样子是不是没有食欲啊？"

"嗯。"

"我有一种调理猫咪身体的良药。"

阿七说着取来了一个小药罐。久太郎有一种深深的不好预感，问道：

"多少钱？"

"一两。"

阿七伸出一根手指，偷偷察看久太郎的反应。

额……简直就是抢钱嘛。

久太郎不知如何回答。紧紧手也不是拿不出来，但勉强拿出来的话，眼看着今后的生活就要受到影响。

"怎么样？……是不是有难处？"

难得阿七这次这么体谅，久太郎不住地点头。

"我也为这些人……的猫咪作了很大的努力！"

阿七"咚"一下子把一个盒子放到面前。

"刚才那个是液体的，这个是同一种药的固体版的。虽然服用起来费事，但价格便宜。只收半价，怎么样？"

"……我尽量想办法吧。"

既然都降到这个份上，久太郎也不好拒绝。阿七高兴地说句"多谢惠顾！"又继续道：

"药呀要是太贵，有些主人就不愿意买了。所以我努力开发出便宜一些的是有价值的。利益虽然重要，但还是希望猫咪们都能好起来。"

"……果真是爱猫啊。"

"还行吧。你知道怎么给小玉喂药吗？还是我来喂？"

"拜托了！"

"知道啦。来，小玉，忍一忍哦！"

阿七说着用一只手冷不防抓住玉之丞的头，用手指灵巧地——不，应该说是强行地让它张开嘴。玉之丞想叫叫不出来，睁大了眼睛朝这边看着，说实话，样子很恐怖。

这时，阿七用另一只手拿着小药片，硬是塞进玉之丞的喉咙里面，然后按住它的嘴，捋一捋脖子让它咽下去。

"好了，完成啦！干得不错吧？"

看着一脸笑容地抚摸着玉之丞的阿七，久太郎惊魂未定地问道：

"……你这是真的爱猫？"

"当然啦。正因为爱它才要速战速决。关键是要毫不犹豫地把药送到喉咙的底部，这样才不会吐出来。如果总是不成功，重新来，是不是很可怜？"

"……说的也是啊。"

那样的话感觉也是蛮可怜的。久太郎虽然不能完全领会，但还是这样说服自己。和阿七谈猫的事情，他认为自己是不可能赢的。

"这样就能完全康复啦。这就是实践出真知。"

听她这么一说，久太郎感到放心了，不过他并不想实践。一方面是祈求玉之丞健康无灾，另一方面是因为自己不想做，硬要说的话，后者的因素更大一些。

"我说……"阿七突然话题一转。

"你是不是把小玉关在什么东西里面了？……比方说壁橱里？"

怎么又被她知道了？！

对自己自信过度的久太郎仍然保持着面无表情。阿七则不断用怀疑的目光注视着他，继续道：

"为了惩罚猫咪而把它关闭起来是没有意义的，下次不要这样了。什么地方做错了当场训斥它就行了，否则它并不知道哪里错了，只会增加不信任感。也许它会喜欢狭小的地方，但并不是指'不可以自由出入'。"

"是吧？"阿七征求玉之丞的赞同。可玉之丞仍然一动不动，也不叫。

阿七想给它鼓鼓劲，继续抚摸着。

"另外，你有陪它好好玩过吗？"

"玩？"

"是啊，为了消除身心的疲劳，玩耍是有必要的哦。和人是一样的。"

"我可没有觉得。"

"真的么？"

阿七表现出难以置信的样子，久太郎斩钉截铁地说道：

"我从出生到现在就从没有玩过。"

虽说婴儿时期不敢保证，至少从少年时代……

"知道啦！知道啦！"

阿七打断了他的思考。

"从来都是很认真的。"

久太郎板着脸道，但阿七好像已经没有在听他说话。

"所以呢，和猫咪呀，该这样玩……"

"一直不懈地钻研于剑道。"

久太郎固执地坚持着自己的话题。而阿七已经和玉之丞玩了起来，高声喊着：

"瞧，瞧，瞧，素这边啦！"

"……素这边？"久太郎镇住了。

阿七正在玉之丞面前挥动着一把狗尾草。玉之丞不断地转动着眼珠在后面追逐，精神集中得像是在追赶猎物。就在阿七一不小心慢一点的时候，被它扑上去抓住了。

玉之丞心满意足地啃咬着狗尾草，阿七使劲摸着它的头道：

"哎呀，逮住啦！逮住啦！好厉害！"

玩高兴了的玉之丞终于"喵呜"叫了一声，像是恢复了一点精神。

但是，想到这都是阿七的功劳，久太郎有些不甘，于是抱起了玉之丞道：

"病才刚好点，这样对它太刺激了。"

"没关系的，你这是嫉妒吧？总之呢，就像这样一边跟它说话一边陪它玩，它会很高兴的，和人类的小孩子是一样的……对了，你要玩玩吗？"

阿七边说边用刚才的狗尾草在他眼前晃了晃。

"我不需要什么玩耍。"

久太郎把头扭向一边，怀里的玉之丞仍然伸着前爪在嬉闹。

阿七继续一边逗着玉之丞一边说道：

"可猫咪是需要的呀。哪有父母不陪孩子玩的呢？"

久太郎想起了阿春，记忆中很少陪她一起玩过。但他怕说出这话又要被阿七说，于是一把夺过阿七手里的狗尾草，决定买下来。

"一根四文钱，多谢惠顾！还有治疗费和药费，可别忘了啊。"

阿七笑嘻嘻地递过去，久太郎满脸的无奈。

而这时，玉之丞又在津津有味地啃咬起狗尾草。

此时的久太郎还不知道，这个逗猫的玩具是一种易耗品。

久太郎把玉之丞装进鱼篓子里，出了猫见屋后直接向寺里走去。他知道玉之丞需要玩耍，可自己无论如何做不到一边说着"素这边啦"一边晃着狗尾草逗它玩。

他想找一个合适的人。来到院内，发现照松正在扫地。

照松发现久太郎后，停下了手里的活。当他看到那个鱼篓子后，立刻举着扫帚气呼呼地跑了过去。

"干什么？又准备把猫丢掉吗？！"

久太郎用一只手挡住了朝自己挥来的扫帚。

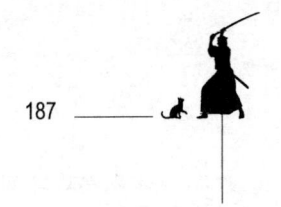

"不是的。"

"那你来干什么?"

照松拼命使劲,但毕竟是个孩子。久太郎满不在乎地用另一只手把鱼篓子递到照松前面。玉之丞感到了晃动,受惊似的伸出了脑袋。

"你能陪它玩玩吗?"

"哎?"

见照松一脸茫然,久太郎把扫帚拿了过去,递给他逗猫用的狗尾草。玉之丞见状一下子从篓子里跳了出来,趴在地面上,蜷曲着尾巴。

弄清了情况的照松高兴地左右晃动着狗尾草喊道:

"小玉,过来!"

那兴奋劲儿连阿七都没法比。玉之丞也立刻跳起来追了上去。

小孩子果然还是要和小孩子玩,久太郎的计策大获成功。孩子的那种毫无顾忌和小动物的那种天真无邪刚好不相上下,双方都玩得很开心。

为了感谢照松陪玉之丞玩耍,久太郎拿着刚才的扫帚扫起地来。

那么狂妄的小鬼,一玩起来也只不过是个普通的孩子啊。

久太郎边挥动着扫帚边远远地看着。这时,照松朝这边喊道:

"喂,叔叔要不要也来一起玩?"

可能是觉得自己在玩而让久太郎扫地过意不去。难得那狂妄的小鬼还想得这么周到,久太郎感到有些好笑,答道:

"叔叔不玩。"

照松听后说了句:"哦。你的主人真是个怪人啊。"然后继续与玉之丞嬉闹。

真是!想说什么就说什么。

久太郎笑了笑,把扫帚放下了。他想,扫地肯定是照松的工作,抢了他的活恐怕也不好,于是在旁边的石阶上坐下来,远远地看着他们玩耍的样子。

习剑的过程中没有什么玩耍。在父亲严格的教导下,我连一次玩耍的记忆都没有。要是有那个时间,必然要被父亲训斥着去练剑……

眼前展开的"玩耍"的场景中,有一种纯真而有活力的独特氛围。

久太郎想把这种气氛复制到自己和女儿身上,但他做不到。

"阿春……"

他小声念着女儿的名字,浮现出来的仍然是女儿哭泣的面庞。

久太郎发现家里的木刀少了一把，感到很奇怪，便去问正在准备晚饭的阿静。阿静说不知道，于是便到处去寻找。

在这个家里只有自己会使用木刀，但并不记得有动过。

咦？

他走过后院时，听到了"呼哧呼哧"的呼吸声和不熟练的挥舞刀棒的声音。抬头一看，看到女儿挥动着与自己小小的身体不相称的木刀的身影。

"阿春，那可不是玩的。"

他觉得有些危险，上前阻止，而阿春却一脸认真地说道：

"我没有在玩。父亲去江户的时候，我要保护这个家。"

久太郎茫然地看着她甩开自己的手继续练习。

"我可没有空闲来玩。"

她的眼睛已经被泪水打湿。

久太郎至今不明白那泪水是为什么而流。

如果是因为不舍得与父亲分开倒还好，不过或许是感到父亲不可依靠，所以决心今后要靠自己来保护母亲时流下的泪水。

无论怎样,处在本该受到保护年龄的女儿,却说出了"我要保护"的话,这在久太郎的心里留下了深深的印迹。

如今,他明白了玩耍的重要,并且亲眼所见,心中满是后悔。

我真是一个不称职的父亲啊……

"哎呀,好可爱的猫咪!"

突然,女人尖锐的声音惊醒了恍惚中的久太郎。

久太郎回过神来,循着声音望去,只见照松和玉之丞玩耍的地方来了一对年轻男女。

"它叫玉之丞。"

照松边说边用双手将玉之丞抱了起来。

"快让我抱抱!"

女人说着将玉之丞夺了过去。玉之丞扭动着身体,虽然没有抵抗,但看起来不太配合。

女人不管那么多,抱过来就抚摸玉之丞的背。但她并不是顺着毛抚,而是来回地粗鲁地抚摸。每当逆着毛时,玉之丞就会歪一歪嘴,很难受的样子。

……已经生气了。

久太郎根据上次除跳蚤时的经验推测。他感觉要发生什么事,于是站起来上前靠近那两个人。女人用央求的眼神看了一下男的说：

"我想把这猫带回家！"

"带回家可不行吧。"

男的吃惊地说道。但女人却不放手，还用脸蹭了蹭玉之丞。

"不嘛！我有一种直觉，这猫命中注定应该由我来养。你说是吧，菊姬？"

久太郎在一旁看得提心吊胆。玉之丞虽说不是很认生，但不高兴的时候也可能会用爪子抓人的。

这时，只见照松说了句"我不是说了它叫玉之丞么！"从女人手里抱回了玉之丞。

这下久太郎放心了，因为照松刚才一直在和它玩耍，应该没有问题。而那个男的这时拿出钱包道：

"真拿你没办法啊。喂，小鬼，把这只猫卖给我吧。一两钱怎么样？"

"不行！不行！这猫不卖！"

"二两还不行吗？"

在男的拿钱的时候，女人伸出手来准备再次把玉之丞抱过去。

"你们混账！"

照松破口大骂，甩开了女人的手。

"哎呀！"

女人尖叫了一声。男的见状狠狠地瞪了一眼照松。

照松吓得抖了一下，后退了两步。虽说是个狂妄的小鬼，见到大人生气还是有些害怕的。

"你这小鬼！别不知好歹！"

男人压低了声调，向前靠近一步。照松护着玉之丞又向后退了一步。

男人正准备再向前时，久太郎一把抓住他的肩膀拉住了他。

"你小子也是！"

久太郎手上一用力，稍微瞪了下眼珠子，那两人连说"好恐怖"，撒腿跑掉了。

中途两人还不断地回头看，好像要试图记住谁的脸。

要是记住了我和玉之丞就麻烦了，要是这小家伙的话，也怪可怜的……

久太郎低头看着照松，照松正看着那对男女的背影，说道：

"真是服了他们。认为只要出钱什么都能弄到手。"

"也有不为金钱所动的人。"

久太郎说完似乎想到了什么。

本人……也曾为了三两银子答应别人斩杀玉之丞。

自己就是一个被金钱打动过的人。

不仅如此,还让人光把钱送回家,却不附带只言片语。家人寄过来的那么多信连看都没看过。

这与"只要出钱就行"的想法又有什么区别呢?

久太郎心中感到阵阵隐痛。这时,突然感觉袖子被人拉了一下。

"就像我们这样的,对吧?"

照松笑着对久太郎说。

"……啊,啊。"

久太郎不得已点了点头,但他觉得自己没有这个资格。他把目光移开了,不敢直视照松的眼睛。

心如针扎……

久太郎感到在寺里面已经待不下去了,赶紧带着玉之丞回到了长屋。玉之丞从鱼篓里出来后,可能是觉得还没玩够,或者是对狗尾草很感兴趣,还想要玩。

久太郎盘腿坐下,准备在自己胳膊够得着的范围内再逗它玩玩。

他来回挥动起狗尾草,玉之丞立刻兴致勃勃地跟在后面追了起来。

"瞧,来抓啊!这哪里像武士家的猫,太慢了!这边……这边哦!"

久太郎表面上显得很轻松地逗着猫,内心却又陷入了沉思。

要是当时也陪阿春这样玩玩,说不定也能成为一个好父亲呢。也不会逼得她挥舞起木刀……

咚咚!敲门声打断了他的思考。

久太郎起身准备去开门,把狗尾草放到房间的一角,玉之丞马上追了过去。

趁着这个空隙,久太郎打开了门,发现是若菜。

"这个……"

若菜怯怯地拿出了久太郎的招财猫。

"你还是先把这个留着吧,总有一天会对家人有用的。"

语气很温和,但温和中却带有难过。

总有一天?

还没弄清头绪的久太郎默默接了过来,若菜马上说了句"再见"就要往回走。但在关门前又补充道:

"不过,我觉得你夫人和女儿真正想要的东西是用钱买不到

的。"

真正想要的东西……

久太郎看着已经关上的门,把招财猫放到了榻榻米上。不知道是不是招财猫上面粘了甜喵棒的味道,玉之丞凑过来使劲嗅着。

就在刚才玉之丞独自玩的一小会儿,扔在角落里的狗尾草已经被折断了。猫爪子的破坏力也不可小觑。

难道又要买新的了吗?久太郎边叹气边看着眼前的两只白猫。

她们母女俩是否还仍然需要我呢……?

不会动的那只白猫冷冰冰的没有反应;

会动的那只白猫也只是拿眼睛瞧着。

没有人能给他答案。远处又传来了傍晚的钟声。

你的手臂纤弱无力,却执拗逞强,纵使多金也不济,难拂娇儿泪。

(第一部完)